KB059140

성추행당할 뻔한
S급 미소녀를 구해주고 보니
옆자리 소꿉친구였다 8

켄노지

Illustration 플라이

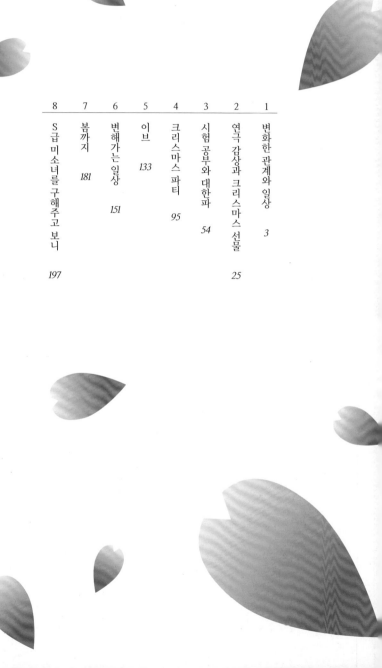

이름 : 후시미 히나

나이 : 17세
학년 : 고등학교 2학년
키 : 160cm
료의 소꿉친구이자 학교에서 모두가
인정하는 S급 미소녀.

"또 나를 구해줬네."

성추행당할 뻔한
S급 미소녀를 구해주고 보니
옆자리 소꿉친구였다 8

켄노지

커버·삽화·본문 일러스트

플라이

① 변화한 관계와 일상

올해 학교 행사는 전부 끝났고, 이제 12월 중반에 치를 기말고 사만 남았다.

교실의 분위기는 학교 축제의 여운을 남기면서도 일대 이벤트 인 크리스마스가 다가오고 있기에 아직 들뜬 느낌이었다.

"타카양, 소식 들었어? E반 미모리하고 사토가 사귀기로 했다 는 모양인데. 수상쩍긴 했단 말이지~."

다음 주가 되었다. 등교하자마자 후야제 감시자이자 정보통인 데구치가 곧바로 물어보지도 않은 정보를 가르쳐 주었다.

그 두 사람이 누군지 감이 오지 않은 나는 '호오, 그렇구나'라고 애매하게 대답할 수밖에 없었다.

"걔네를 초등학생 때부터 알고 있었는데 말이지~. 소꿉친구거 든? 가까운 곳에 있던 사람으로 해결해버리고 말이야……."

"그, 그래."

에휴~, 하고 매우 크게 한숨을 쉰 데구치. 나는 느껴지는 게 너 무 많았기에 제대로 대답하지 못했다.

가까운 곳에서……, 그런 식으로 생각하는 건가.

옆자리에 있던 후시미를 힐끔 보았다.

소꿉친구.

후야제.

저번 주 주말, 학교 축제가 머릿속에 되살아났다.

후야제. 춤을 추자는 제안을 받아들이면 커플이 되는 행사고, 참가하고 싶은 사람들만 참가하는 그 행사에 나는 미리 제안해준 후시미에게 갔다.

……그렇다면.

그런 거겠지…….

다시 후시미를 훔쳐보았다.

아침 햇살을 받아 매끄러운 빛을 반사하며 윤기가 흐르는 머리카락과, 친구들이 말을 걸자 방긋 웃는 옆얼굴. 립을 발라 촉촉한 분홍색 입술. 동그란 눈이 다시 웃으며 가늘어졌다.

'귀엽다'는 단어로 코팅되어 있는 이 소꿉친구.

아침에도 함께 등교했던 이 애가……, 여자친구, 인 거지.

"그런데, 타카양, 후야제 때는 어디 갔었던 거야?"

"어? 지, 집에 갔지. 그냥."

거짓말은 하지 않았다. 사라진 후시미를 찾으러 갔다가 집에 갔으니까.

"데구치는 토리고에를 꼬시려다가 폭사해버렸지."

"그런 말 하지 마, 타카양, 나는 말이야, 깨달았다고."

먼 산을 보는 듯이 말하는 데구치. 어차피 멀쩡한 이야기를 하진 않을 것이다.

"역시 내게는 와카밖에 없어."

"내 예상대로 멀쩡한 이야기가 아니었네."

와카란, 담임 선생님인 30대 교사, 와카타베 선생님이다.

이런 식으로 그때마다 생각이 마구 흔들리는 데구치를 토리고 에가 곧바로 거부한 것도 당연하다.

잡담을 하고 싶었던 것뿐이었는지, 새로 생긴 커플에 대해 불평을 늘어놓던 데구치는 다른 남자들 사이에 끼었다.

그러자 말동무가 없어져버렸다.

토리고에는 뒤쪽 자리에서 지금 뭘 하고 있는지 모른다. 후야 제 상대를 거절했기에 어떻게 대해야 할지, 태도를 분명하게 잡을 수가 없었다.

토리고에는 예전에 고백해준 것까지 합치면 이번이 두 번째다.

"아, 시이, 좋은 아침이야."

"좋은 아침."

후시미가 다가온 토리고에에게 인사를 했다. 시즈카니까 시이라고 부르는 거겠지, 그렇게 머릿속 한구석으로 생각하며 나는 이쪽으로 다가온 토리고에를 어떻게 대해야 할지 머릿속으로 선택지를 준비하고 있었다.

뭔가 말할 때까지 기다릴까.

내가 먼저 아무 일도 없었던 것처럼 이야기를 할까.

아니면 도망칠까.

이럴 때, 도피처가 되어줄 만한 데구치는 남자들 사이에서 깔깔 웃고 있고, 히메지도 다른 여자애와 이야기를 나누고 있다.

"좋은 아침이야."

툭툭, 토리고에가 뒤에서 내 어깨를 두드리고는 후시미 앞자리에 앉았다.

"조, 조조, 좋은 아침……."

"얼굴로 여자애를 고르는 타카모리 군, 좋은 아침."

"비꼬냐……."

그녀답긴 하다.

하지만, 우울해하며 앙심을 품고 있는 것보다는 직접 그렇게 부딪혀주는 게 고마웠다.

"괜찮잖아, 한마디 정도는."

"어? 얼굴?"

후시미가 불만스러운 듯이 자신을 손가락으로 가리키고 있었다. 얼굴만 보고 나를 선택한 거냐는 말씀을 하고 싶으신 모양이다.

토리고에는 내게 따끔하게 말하려 했겠지만, 그 뒤에 있던 후시미도 그 말의 가시에 관통당했다.

"아니야, 후시미."

내가 그렇게 말했지만, 토리고에가 다시 쏘아붙였다.

"아니, 아니, 분명히 그거지."

끄으, 하고 후시미가 토라지자 토리고에가 후후후 웃으며 표정을 풀었다.

"심술 좀 부리자, 조금만."

"놀리러 온 거면 네 자리로 돌아가."

"축하해주러 온 건데."

진심으로 그렇게 생각한다면 독설을 내뱉지도 않았을 텐데.

그렇게 해서 속이 시원해진다면 상관없긴 하지만.

"축하해. 잘됐네."

토리고에가 그렇게 말하자 후시미가 자리에서 일어나서 토리고에 곁으로 다가갔다. 토리고에도 일어섰고, 두 사람은 꽉 끌어안았다.

내가 지금 뭘 보고 있는 거지?

"고마워. 절교하게 될 줄 알았거든."

후시미가 울먹이는 목소리로 그렇게 말하자 토리고에가 후시미의 등을 툭툭 두드렸다.

"그렇지 않아. 정말로. 슬프긴 하지만, 잘됐다고 생각하니까."

으흐흑, 후시미가 토리고에의 어깨에 머리를 기대고 울기 시작했다.

후시미도 나와 비슷할 정도로 불안했던 모양이다.

우리 두 사람 모두에게 친구였고, 후시미에게 있어서는 토리고에를 대신할 사람이 없다고 해도 될 정도로 둘도 없는 친구였다.

"어째서 내가 위로해주는 쪽인데……."

쓴웃음을 짓던 토리고에와 눈이 마주쳤다.

"진도는 벌써 많이 나갔어?"

"남자애들처럼 물어보지 말라고."

"일요일하고 대체 휴일까지 이틀이나 있었잖아."

아무 일도 없었다. 그냥 휴일이었다.

그날 집에 갈 때는 왠지 붕 뜬 듯한 느낌이라 이야기도 별로 하지 않았다. 후시미도 마찬가지로 학교 축제에 대한 감상을 조용히 말했을 뿐이었다.

학교에 올 때는 연인이라기보다는 평소 후시미처럼 '기말고사가 얼마 남지 않았으니까 공부해야겠네!'라며 활짝 웃는 표정으로 말했다.

그래서 나도 평소처럼 대하고 있었다.

"말하지 않아도 괜찮겠어? 데구치 군에게."

좀 전에 주고받던 이야기를 들은 모양이다.

가까운 곳에 있던 사람으로 해결해버렸다면서 불평하길래 말을 꺼내기 힘들었다.

"타이밍을 봐서 말할게."

"그렇구나. 이제 점심시간은 히이나하고 함께 보낼 거야?"

"시이도 같이."

울음을 그친 후시미가 대신 대답했다.

"방해가 되지 않을———."

토리고에가 그렇게 말하려 하자 후시미가 그 말을 가로막으며 고개를 저었다.

어린아이와 나이 차이가 많이 나는 언니 같았다.

"타카모리 군, 괜찮겠어?"

"토리고에가 싫지 않다면."

"이제 와서 외톨이가 되는 건 좀 슬프니까 고마운 제안이긴 한데."

토리고에도 나름대로 마음의 정리를 한 걸까. 아니면 처음부터 각오를 하고 나섰기 때문일까.

오늘은 아직까지 담담한 말과 행동이 눈에 띈다.

이야기를 듣고 있던 히메지도 끼어들었다.

"저기, 잠깐 괜찮을까요?"

그녀는 살짝 손을 들고 뭔가 말하고 싶은 눈치를 보였다.

"응, 그래."

"얼굴만 보고 골랐다면 아마 저였을 텐데요."

"얼굴만 보고 고른 거 아니라고 했잖아."

중대한 실수를 발견한 것처럼 지적하지 말라고.

"그 이야기는 이미 끝났어. 다시 끄집어내지 마. 복잡해지잖아."

"아이하고 나라면, 내가 더 나을 것 같은데."

후시미가 이제 곧 사투를 벌이게 될 검사 같은 표정을 지으며 정면으로 도전을 받아들였다.

"기 싸움 좀 그만해."

"과연 그럴까요?"

히메지도 후시미를 똑바로 바라보았다.

맞대결이 시작될 것 같은 긴장감이 감돌았다.

"얼굴의 계통이 다르잖아."

토리고에가 어이없어하며 눈을 흘기고는 조용히 말했다.

"그럼, 아이는 얼굴 말곤 별거 없었다는 거———."

후시미가 그렇게 말하자 히메지가 소리가 들릴 정도로 눈을 힘껏 치켜떴다. 아, 이번에는 후시미가 대놓고 도발을 걸었다.

꺅꺅 소리를 지르기 시작한 히메지가 책상 위에 있던 것들을 잡히는 대로 던지기 시작했다.

"어린애도 아니고, 그만해."

후시미도 말은 그렇게 하면서도 맞서싸웠다. 눈 깜짝할 새에 내 앞뒤와 머리 위쪽은 물건들이 날아다니는 전장이 되었다. 너희들, 둘 다 어린애라고.

"내가 사이에 껴 있으니까——, 나도 맞을 것 같——, 끄엑?!"

"푸흐흡."

지우개가 따악! 내 볼에 제대로 맞자 토리고에가 웃음을 억누르면서 책상을 두드렸다.

숨을 헐떡이던 두 사람도 겨우 차분함을 되찾고는 서로 노려보면서 동시에 고개를 돌렸다.

이 두 사람은 싸울 만큼 사이가 좋다고 하는 관계 그대로였다.

선생님이 오자 반 친구들이 자기 자리로 돌아갔고, 학교 축제의 감상이나 연락사항 같은 것들이 전달됐다. 그 사이 히메지가 여전히 발끈한 채로 앞을 바라보며 말했다.

"그런 말을 하고 싶었던 게 아니에요."

"대놓고 시비 걸 생각으로 끼어든 주제에."

"맞아, 아이가 잘못한 거라고."

"후시미도 말이지."

싸움은 양쪽 잘못이다. 둘 다 잘못했다.

"다음 주말에 첫 공연이 있어요. 마츠다 씨께 이야기를 들으셨겠지만요."

히메지가 출연하는 무대 이야기다.

여름방학 오디션부터 시간이 눈 깜짝할 새에 지나간 것 같다.

"티켓을 드릴게요."

그녀가 아무렇게나 내 책상 위에 올려놓은 티켓은 품속에 간직하고 있었던 봉투에서 꺼낸 것이었다.

"어차피 한가할 테니까 보러 오시는 게 어때요?"

"한가하지 않더라도 보러 갈 생각이었어. 고마워."

나는 그렇게 말하며 티켓을 지갑에 넣었다.

"히나도요."

내게 티켓을 한 장 더 건넨 히메지. 나는 그 티켓을 후시미에게 건넸다.

"공부가 될 거예요."

"아이를 보고 공부가 될까?"

으음, 하고 후시미가 납득이 안 된다는 듯이 고개를 갸웃거렸다.

"클럽활동 수준의 무대로 매우 만족하고 있는 히나에게는 프로의 무대가 너무 자극적일지도 모르겠지만요."

히메지의 비꼬는 말에도 후시미는 순순히 고맙다고 했다.

"고마워, 아이. 기대할게."

티켓을 살랑살랑 흔들며 미소를 지은 후시미를 보고 히메지도 그제야 독기가 빠진 모양이었다.

"기대해주세요."

"실수하지 말고."

"누가 누구에게 그런 말을 하는 거죠?"

히메지가 흐흥, 뽐내듯이 웃었다.

아이돌 경험이 있는 히메지니까 무대에 서는 것 자체는 아무런 걱정도 하지 않는 것 같다.

선생님이 교실에서 나가자 잠깐 쉬는 시간이 찾아왔다.

"시즈카 양, 이거요. 보러 와주세요."

티켓이 더 있었는지, 토리고에게도 한 장을 주고 있었다.

"고마워! 응! 열심히 해."

"당연하죠."

히메지는 그 밖에도 사이좋게 지내는 여자애들 몇 명에게 티켓을 주었다. 시노하라의 몫도 한 장 확보해둔 모양이었다.

"시노하라에게도? 착하네."

"딱히 그렇진 않아요. 그냥 남았을 뿐이니까요."

"피눈물을 흘리면서 기뻐할 거야, 그 녀석."

감동의 눈물을 흘리는 시노하라를 떠올린 건지, 히메지가 질색했다. 최애 아이돌의 복귀 후 첫 무대이니 우리가 생각하는 것보다 더 기뻐할 거라는 예상이 되었다.

"한 장이 남네요."

봉투를 들여다본 히메지를 데구치가 자신도 동료로 삼아달라는 것처럼 빤히 바라보고 있었다.

"데구치에게 줘도 돼?"

"료가 그렇게 하고 싶다면요."

티켓을 받은 다음, 뜨거운 눈빛으로 나를 바라보고 있던 데구치에게 건넸다.

"데구치. 히메지가 이거 준대. 와도 된다는데."

"수학여행 때 같은 조였으니까. 보러 와줬으면 하겠지, 그야."

받을 수 있을 거라 생각한 건지, 데구치는 확고한 자신감을 드러내고 있었다.

아니, 그냥 한 장이 남았을 뿐인데.

리스트에서 빠져 있었다는 말은 하지 않고, '무대를 같이 보러 가자'면서 무난한 말만 해두었다.

"호오, 다음 주 주말이구나. 연습 때문에 학교도 가끔 쉬더니. 아니, 타카야, 후시미 양하고 만나느라 바쁜 거 아니야~?"

응~? 응~? 데구치가 그렇게 말하며 내 어깨를 살짝 주먹으로 때렸다.

"뭐야, 알고 있었어? 그날은 딱히 일정 없는데."

후시미도 보고 싶어할 테고, 라고 말하려 보니 데구치의 상태가 이상하다는 걸 눈치챘다.

"왜?"

"전혀 부정을 안 하는데……, 어어?"

버려진 강아지처럼 깜짝 놀란 표정을 짓고 있다.

"어? 진짜로?"

"뭐가."

"이봐, 이봐, 이봐, 이봐, 이봐, 이봐, 내가 제일 싫어하는 그, 학교 축제의 분위기를 타고 커플이 됐다는 상황은 아니겠지."

"아니, 그런 건 아닌데, 뭐, 응."

"오 마이 갓."

데구치가 머리를 감싸쥐었다.

"후시미 양이랑? 난 그냥 떠본 것 뿐인데……! 왜 정답이냐고! 까불지 말라고!"

"왜 이렇게 분노하는 건데."

보통 불평은 떠본 쪽이 아니라 그 상대방이 하는 거 아니냐고.

"진짜로 풀 죽네……, 평생 동정으로 지내자고 약속했으면서."

"그런 약속은 아무도 이득을 못 보잖아."

약속한 적도 없고.

"어차피, 너희들———! 크리스마스에 남친이나 여친이 있었으면 좋겠다는 이유만으로 사귀게 된 거지———?! 시기를 따져봐도 말이야! 커플이 되기 쉽긴 하겠지! 다 이해한다고요, 네! 네에!"

큰 목소리로 소리 지른 데구치가 교실 안에서 주목을 받았다.

울면서 화를 냈기 때문일지도 모르겠다. 소리 지른 내용보다는 이상한 녀석이 있다는 듯이 주목이 쏠리고 있었다.

그것은 나와 후시미를 딱 찍었다기 보다는, 학교 축제 때 생겨난 커플들에게 쏟아내고 있는 원한이었다.

"기운내. 응?"

"시끄러워!"

고개를 벌떡 든 데구치는 내가 어깨에 얹은 손을 재빠르게 쳐냈다.

"뭐냐고, 젠장……, 그렇게 될 거라면 좀 더 일찍 사귀던가……."

"우여곡절이 있었다고. 일단은."

"어째서 내게는 미소녀 소꿉친구가 없는 건가요, 신이시여. 아니, 미소녀까지는 바라지 않겠습니다……, 외모가 평범한 정도라도 괜찮으니까 부디 저에게도 여자 소꿉친구를……, 지켜주고 싶어지는 계열인 애면 기쁠 것 같네요."

데구치가 기어코 신에게 기도하게 되어버렸다.

그냥 내버려 둬야겠다.

티켓을 전달하는 임무를 달성하고 자리로 돌아가려 하자 데구치가 내 어깨를 붙잡았다.

"타카양, 축하해. 내 몫까지……, 크리스마스를 마음껏 즐겨다오……."

흐윽, 흑흑, 하고 우는 데구치.

자기만 남겨진 게 그렇게 슬펐던 거냐고.

내 좁은 교우관계를 감안하면 후시미에 대해 보고해야만 하는 사람은 별로 없다.

하지만, 가까운 사람 중에서 아직 말하지 않은 사람이 있었다.

방과 후 후시미를 집으로 불러서 둘이 함께 말할 생각이었는데, 그 사람이 아직 집에 오지 않았기에 어쩔 수 없이 내 방에서 기다리기로 했다.

어떤 반응을 보일지, 대충 예상이 된다.

"군이 보고는 안 해도 되지 않을까?"

"아니. 이런 건 제대로 해둬야지."

철컹, 자전거를 세우는 소리가 들렸다.

"오, 왔네."

"으, 응……."

후시미가 긴장한 듯한 표정으로 고개를 끄덕였다.

현관을 통해 안으로 들어온 사람이, '다녀왔습니다~?'라고 윗

층에 있던 우리를 향해 1층에서 소리쳤다.

발소리가 점점 다가온 다음 문이 열렸다.

"역시 히나였네. 어서 와~."

밝은 목소리로 야호~ 하며 손을 흔든 마나는 슈퍼에 들렀다 왔는지 아직 장바구니를 들고 있었다.

"응. 실례하고 있습니다."

"왠지 서먹서먹한데? 왜 그래?"

힐끔, 힐끔, 그렇게 나와 후시미를 번갈아가며 보는 마나.

"앗~! 혹시 야한 짓 하려던 참이야? 왠지 그런 느낌이네. 그럼 느긋하게 있다 가세요~."

이히히, 장난기 어린 미소를 지으며 떠나가려던 마나를 내가 불러세웠다.

"마나, 잠깐 괜찮을까?"

"응~?"

마나가 쏘옥, 고개만 방에서 보일 수 있게끔 내밀었다.

단도직입적으로 말하자.

"사실, 후시미와 사귀게 되었어."

마나는 눈을 연달아 깜빡였다.

"어?"

"마나, 그러니까 말이지. 사귀고 있어, 료 군하고."

털썩, 마나가 들고 있던 장바구니가 복도에 떨어지는 소리가 들렸다. 슬쩍 고개를 움츠린 마나가 곧바로 자기 방으로 뛰어갔다.

"아, 마나!"

"어, 어라? 내, 내가 예상했던 반응하고 다른데!"

방금 그건 뭐지?

『어~?! 진짜로~?? 오빠, 해냈네! 축하~!』

이런 느낌으로 가볍고 활기찬 반응이 돌아올 줄 알았는데.

쾅당, 방문이 닫히는 소리가 들렸다.

뜻밖의 전개가 나는 아직 이해가 안 됐지만, 후시미는 그렇지 않았던 모양이다.

"이렇게 되어버렸구나."

"무슨 소리야? 엄청 뜻밖인데."

"그럴 리가 없잖아……."

후시미가 곤란하다는 듯이 한숨을 쉬었다.

"어렸을 때부터 나와 아이가 누가 료 군에게 시집갈 건지 싸우면 마나가 항상 끼어들었고, 료 군이 나를 선택했을 때도 울어버렸던 적이 있잖아."

그런 적이 있었나?

"기억 안 나나 보네, 표정을 보니까."

"정답이야. 그런데 그건 어렸을 때 일이잖아."

"그래서 이제 그러진 않을 것 같다는 생각이 1할 정도는 있었어."

1할 정도? 너무 적은데.

"마나는 료 군을 정말 좋아하니까 충격을 받은 것 아닐까?"

야한 짓 얘기도 그냥 농담이었던 거구나.

후시미가 일어나서 방을 나섰다. 걱정이 되었기에 따라가 보니 마나의 방 앞이었다.

"마나."

후시미가 문을 향해 말을 걸었다.

위로하려는 건가?

마나가 그런 반응을 보인 적은 처음이었기에 솔직히 나는 어떻게 해야 할지 모르겠다.

"좀 전에 한 말은 농담이 아니야."

확인사살 하지 말라고.

"마나도 어렴풋이 알고 있었지? 료 군도 언젠가 여자친구를 만들 거라는 거."

마나는 대답하지 않았다.

아직 사귀기 시작한 지 사흘.

지금까지 그럴싸한 건 아무것도 하지 않았지만, 서서히 남자친구와 여자친구가 되어갈 것이다.

부스럭부스럭, 방쪽에서 소리가 들렸다.

"딱히, 오빠야 같은 건 아무런 생각도 없거든?"

마나가 나왔다.

토라진 표정 1억 퍼센트.

완전히 삐진 마나는 문앞에 있던 나와 후시미를 두 손으로 꾹 밀어내고는 복도를 걸어갔다.

"행복하시라고. 오빠야 멍청이."

메롱, 혀를 내밀고는 떨어뜨린 장바구니를 어깨에 걸치고 계단을 내려갔다.

"내 밥 제대로 나오려나……."

엄청나게 걱정되기 시작했다.

어흠, 후시미가 능청스럽게 헛기침을 했다.

"료 군, 료 군."

자신을 손가락으로 가리키는 후시미.

"만약에 그렇게 되면 밥을 해주겠다고?"

그러고 보니 예전에 그랬던 적이 있었지. 후시미가 요리를 해서 가져다줬던 적이.

"후후……, 응."

후시미는 활짝 웃으며 고개를 끄덕였다.

"나, 여자친구, 니까……."

그녀가 고개를 숙이며 조용히 그렇게 말하자 나는 적당한 높이에 있던 머리를 쓰다듬었다.

"으……."

보답이라는 듯이 후시미가 내 허리를 끌어안았다.

가녀린 어깨와 작은 가슴. 손가락 끝에 닿은 후시미의 볼이 커피 포트처럼 따스했다.

등에 팔을 두르자 몸이 얼마나 가녀린지 알 수 있었다.

"료 군……."

그녀가 한숨 섞인 목소리로 내 이름을 부르자 귀가 간지러워졌다.

어두운 복도, 눈이 바로 앞에서 마주쳤다.

"———히나, 우리 집에서 저녁밥 먹고……."

"흐악."

"으앗."

우리는 재빨리 떨어졌다.

방금 그 모습을 완전히 봐 버렸는지, 마나가 싸늘한 눈빛으로 이쪽을 들여다보고 있었다.

"……."

"아, 나는 신경 쓰지 마. 괜찮아, 고마워."

후시미가 동요하며 제안을 사양했다.

"흐음……, 그래."

"나는 먹을 거야! 마나!"

왠지 모르겠지만 내 밥을 해주지 않을 것 같았기에 확실하게 말해두었다.

"네가 해준 밥을 먹고 싶어."

거의 애원에 가깝게 부탁하자 마나도 싫진 않았는지 표정이 부드러워졌다.

"아, 그래. 아니, 오빠야한테는 안 물어봤거든?"

무뚝뚝한 말투였지만 좀 전보다는 태도가 부드러워진 것 같았다.

마나가 가자 우리는 쿡쿡 웃었다.

"겁나네~."

"마나, 분명히 노리고 있었을 거야."

"우연이겠지. 식사 준비를 하려다가 혹시나 싶어서 물어보러 온 거야."

휴우~, 하고 안도의 한숨을 쉬고 있자니 후시미가 내 볼을 꼬집었다.

"아얏."

"왠지 질투나. 마나는 여동생이고 소중하다는 건 알겠지만, 왠지……, 그런 건 이미 다 알고 있는 건데……."

석연치 않아하는 후시미는 가슴이 답답해진 모양이었다.

나는 후시미의 손을 잡고 내 방으로 돌아왔다.

문을 닫자, 후시미가 발돋움을 하며 쪼아대듯이 입술을 살짝 들이댔다.

쑥스러운 걸 숨기려는 건지 머리카락으로 얼굴을 덮으면서 들이대고 있다.

손에 깍지를 끼고 맞잡자 몸을 내게 기대는 후시미.

어깨에 등을 기댄 형태를 취하며 후시미를 끌어안았다.

동그란 눈은 이미 감고 있었다.

지금까지 이럴 때는 안개가 끼어 있던 마음. 하지만 지금은 맑아져서 솔직하게 사랑스럽다는 생각이 들었다.

천천히 입술을 맞댔다.

떼어내자 얼굴이 달아오른 후시미가 눈을 떴다. 눈이 촉촉해진 채 내 목을 끌어안으려 하면서 다시 발돋움했다.

서로 이끌리는 자력이라도 있는 것처럼, 입술을 겹쳤다.

후시미의 향기와 부드러운 입술 감촉에 뇌가 천천히 마비되었다.

긴장 때문인지 흥분 때문인지, 숨소리가 거칠어지려 했기에 겨우 참았다. 후시미도 마찬가지였던 모양인지 숨소리가 평소보다 거칠었다.

"잠깐, 미안, 료……, 기다려."

걸려있던 마법이 풀린 것처럼, 후시미가 몸을 떼어냈다.

"더, 더 이상은, 스토, 스톱이야……!"

빨개진 볼을 두 손으로 감싸고는 털썩, 주저앉았다. 아마 얼굴이 뜨거운 내 볼도 빨개졌을 것이다.

"료 군, 의외로 들이대는구나……, 이렇게, 정면으로 말이야."

"이런 식으로 사귀어 본 적이 없으니까 나도 나 자신에게 놀라고 있어."

이 연장선상에 그게 있는 거지……. 서서히 냉정해지자 그 다음 단계가 머릿속에서 떠나질 않았다.

"미안. 멈출 수가 없어서."

"아, 아니야. 괜찮아. 그냥 좀 놀랐다고 해야 하나. …………나도, 머, 멈추지 못하게 되어버릴 것 같았으니까."

"어? 후시미도?"

일어선 후시미가 가방을 어깨에 걸쳤다.

"나, 나, 갈게! 기말, 고, 고사, 기말고사, 공부, 해야 하니까. 그럼."

동요해서 눈을 이리저리 마구 굴리며 딱딱하게 말하던 후시미가 재빨리 방에서 나갔다.

"바래다 줄까?"

"돼, 됐어! 괜찮아!"

후시미가 쿵쿵, 가벼운 발걸음을 내며 1층으로 내려갔다.

후시미는 내가 배웅하러 나가는 것도 기다리지 않고 로퍼를 신고는 집에서 나갔다.

내 방으로 돌아오자 아직 열기와 후시미의 머리카락 향기가 조금 남아있었다.

"폭주해버렸나."

조용히 소리내어 반성했다.

지나쳤나 싶긴 하지만, 후시미의 반응을 보니 싫어하는 느낌은 아니었다.

후시미도 폭주했던 것 같으니 쌤쌤일 것이다.

연극 감상과 크리스마스 선물

전철과 버스를 갈아탄 다음, '예술 극장 앞'이라는 버스 정류장에서 내렸다. 그러자 목적지가 같은 건지 여러 명이 우르르 내렸다.

버스 정류장 바로 앞에는 커다란 도서관 같은 건물이 있었다. 시청이라고 해도 믿을 정도로 수수하고 청결해 보이는 건물까지 이어지는 길에는 깔끔하게 정비된 길과 가로수가 있었다.

저 건물의 큰 홀에서 오늘 히메지의 첫 무대 공연이 진행된다.

"히메 님, 괜찮으시려나."

내 뒤를 따라온 시노하라가 조용히 중얼거렸다. 가방에서 꺼낸 '아이카 님♡'이라는 부채는 집어넣으라고.

"학교에서는 여유 부렸었지?"

옆에 있던 후시미에게 말을 걸자 그녀가 고개를 끄덕였다.

"'얕보지 말아주세요, 흥'이라는 느낌이라 평소랑 똑같던데."

흥이라는 말은 하지 않았지만, 툴툴거리는 느낌을 표현하고 싶었던 모양이다.

"히메지가 말은 그렇게 하지만 꽤 허당인 구석이 있잖아? 나는 걱정돼."

시노하라 옆에 있던 토리고에가 그렇게 말했다.

그 뒤에는 데구치와 마나가 있었다.

"뭐~? 데구~. 그건 아니지. 당연히 거절 아니야?"

"진짜로?! 안 되는 거야?!"

"무드도 없고 뭣도 없는데 그건 좀."

잘은 모르겠지만, 데구치가 마나에게 연애 상담을 받고 있는 것 같았다.

우리 여섯 명은 약속을 잡아서 여기까지 함께 왔다.

내부 시설의 지도를 보고 큰 홀로 향해 가보니 우리처럼 히메지에게 티켓을 받은 반 친구들이 홀 입구에 있었다.

"최대 1500명이라. 꽤 크네."

후시미가 어디선가 받은 전단지를 보면서 그렇게 말했다.

"오케스트라 연주회도 할 정도니까……."

후시미의 표정이 점점 어두워지기 시작했다. 이러쿵저러쿵해도 걱정이 되는 모양이었다.

"이 극장 연극이나 연주회 광고도 가끔 하잖아. 예매권 발매 중이라고."

"이 근처에서는 제일 오피셜 느낌 강하고 제대로 된 극장이거든."

극장에 대해 잘 알지 못하는 내게 후시미가 설명해 주었다.

열려 있던 출입구를 통해 극장 안으로 들어간 다음, 티켓에 쓰인 지정석에 앉았다.

너무 가깝지도 않고 멀지도 않은 거리감이 딱 좋았다.

공연이 시작될 때까지 30분 정도 남았다. 음료수를 사오려고 자리에서 일어나 오던 도중에 봐두었던 자판기로 향했다.

"쿵――!"

통로 맞은편에 내가 아르바이트를 하며 신세 지고 있는 사장님인 마츠다 씨가 있었다. 히메지가 소속된 사무소의 사장이기도 하기에, 첫 공연이라 그런지 오늘은 재킷에 옷깃이 달린 셔츠를 입고 있었다.

우아하고 멋진 부자라는 느낌이다.

"아, 마츠다 씨, 좋은 아침입니다."

인사를 하자마자 마츠다 씨가 빠른 걸음으로 다가왔다. 두 손을 앞뒤가 아니라 좌우로 흔들고 있었다.

걸음걸이도 엄청나게 여자같네.

"드디어 시작하네요."

"한참 찾았다고. 전화는 왜 안 받는 거야아."

살짝 화를 내고 있는 마츠다 씨.

극장 안에 들어와서 매너 모드로 해두었기에 전혀 눈치채지 못했는데, 지금 확인해보니 마츠다 씨가 전화를 여러 번 걸었다.

"아, 죄송합니다. 방금 알았어요. 무슨 일이 생겼나요?"

"아이카가……!"

"히메지가 왜요?"

"대기실로 와주렴."

"네?"

설명할 시간도 아까운지, 마츠다 씨가 내 손을 잡고 성큼성큼 걸어가기 시작했다.

"히메지가 왜요? 아직 안 온 건가요?"

"와 있어. 리허설도 제대로 했고, 이제 본무대만 남았는데, 그 애도 참……."

정말, 하고 불만을 드러내는 마츠다 씨.

관계자 전용 입구를 통해 뒤쪽으로 들어가서 좁은 통로를 지난 뒤, 어떤 방 앞에서 멈춰 섰다. 마츠다 씨가 노크를 적당히 여러 번 했다.

"아이카, 큥이 격려해주러 왔단다."

"아뇨, 저는 딱히 그런 게……."

마츠다 씨가 내 엉덩이를 꼬집었다.

"아얏. 잠깐만요, 무슨 짓인데요."

"지금 아이카는 아기 토끼처럼 부들부들 떨면서 얼굴이 새파랗게 질렸어."

히메지가? 전혀 상상이 안 되는데.

"벚모메 때는 300명 정도 앞에서까지만 라이브를 했었으니까, 이제 와서 겁을 먹어버린 거지."

마츠다 씨가 곤란하다는 듯이 문을 향해 한숨을 내쉬었다.

"큰소리를 치면서도 의외로 큰 무대에는 약하거든. 오디션 때도 큥하고 입구에서 만날 때까지는 비슷한 상태였고."

나와 후시미보다 토리고에가 히메지를 더 잘 알고 있었던 모양이다.

마츠다 씨가 턱으로 문을 가리켰다. 고개를 끄덕인 나는 노크를 하고 문 쪽으로 말을 걸었다.

"이봐~, 히메지~? 겁먹은 거야~?"

"네에? 누가 누구한테 겁을 먹었다고 하는 거죠?"

……말투와 내용은 평소 같기만 하다.

"괜찮은 거 아닌가요……."

마츠다 씨는 굳은 표정으로 고개를 젓고는 문을 활짝 열었다.

"키스라도 한 방 해주렴."

"어? 네?"

툭, 등을 떠밀려서 안으로 들어가게 되었다.

좁은 방에는 긴 책상 두 개를 붙여두기만 한 선반이 있었고, 접이식 의자 위에 히메지가 무릎을 끌어안은 채 앉아 있었다.

메이크실은 따로 있는 모양인지, 책상 위에는 히메지의 가방과 페트병에 담긴 물, 그리고 다른 관계자에게 받은 것 같은 꽃다발과 도시락 두 종류가 두 개씩 쌓여 있었다.

무대의 간단한 줄거리를 말하자면 주역인 마을 소녀와 그녀를 둘러싼 사람들의 하트풀 스토리라는 느낌이었고, 의상으로 갈아입은 히메지는 이미 마을 소녀로서 완성된 상태였다.

"긴장했어?"

"안 했어요."

"큰소리는 잘 치는구나."

"뭐죠? 선물도 없이 대기실에 들어오다니."

그제야 고개를 든 히메지. 마츠다 씨 말대로, 평소에 보여주던 패기는 눈에 없고 안색이 새파랬다.

"의상도, 메이크도, 무대에서 처음 보여드리려고 했는데 다 망쳤네요. 올 거면 한 시간 정도 일찍 와주셔야죠, 정말 민폐인데요."

"미안해."

내가 온 게 아니라 끌려온 거지만, 일단 사과를 해두었다.

"의상, 잘 어울리네."

"……, 제게는 마을 소녀 정도가 딱 좋다는 말을 하고 싶은 건가요?"

"왜 그런 식으로 받아들이는 건데."

곡해도 정도가 있지.

"히메지, 후시미가 보러 와 있어."

"알아요. 티켓을 줬으니까요."

"오디션에서 떨어졌을 때, 엄청나게 울었거든."

"……."

"나는 너한테 떨어지게 만든 사람들 몫까지 당당하게 연기할 의무가 있다고 생각하는데."

"……잘난 척하기는."

입을 삐죽대면서 나도 자각하는 부분을 지적한 히메지.

"연기, 이제 서투르지 않잖아?"

"당연하잖아요. 연습을 얼마나 한 줄 알아요? 대머리 연출가에게 이게 아니라는 말만 듣고, 다음 날에 똑같이 했는데 '맞아, 그거야'라는 말을 듣고, 몇 달 동안 정말 영문을 알 수가 없었다고요."

그렇게 불만을 품으면서도, 성실한 성격이라 똑바로 맞부딪혔을 것이다. 서투르고 고집이 센 이 소꿉친구는.

나는 불평하듯이 말하는 히메지에게 손을 내밀었다.

"무적의 아이카 님께서 무릎을 끌어안고 있으면 다들 실망할 거야."

손을 잡은 히메지를 일으켜 세웠다.

쿵쿵쿵, 문을 급하게 두드리는 소리가 들렸다.

"슬슬 공연이 시작되니까 서둘러서———."

"잠깐만, 우리 애를 재촉하지 말아줘. 지금 정신통일을———."

바깥에서 스탭과 마츠다 씨가 맞붙고 있다.

"그래도 다들 이미 스탠바이를 마쳐서……."

"쿵! 여기는 내게 맡기고 아이카하고 한방 해버리렴! 긴장이 풀릴 테니까!"

그런 짓은 안 해.

"마츠다 씨도 과보호시네요."

어이가 없다는 듯이 말한 히메지의 표정은 약간 부드러워진 상태였다.

"한 방이라니, 뭘 할 건가요?"

그녀가 고개를 갸웃거리며 내게 물었다.

"아무것도 안 해."

"제안을 무시하다니, 시시한 남자로군요."

"그러고 보니까 시노하라가 아이카 님 부채를 가지고 왔던데……."

"자리에서 그걸 들고 있는 모습을 보면 평생 말도 하지 않을 거라고 전해주세요."

"알겠어."

그러자 한 발짝 앞으로 내딛은 히메지가 볼과 볼을 살짝 맞댔다. 곧바로 물러서고는 수줍은 듯이 웃었다.

"이 정도라면, 괜찮겠죠."

"까, 깜짝 놀랐네……, 무슨 짓을 하나 싶었어."

너무 갑작스러운 일이라 내가 동요하고 있자니, 자기가 그래놓고 부끄러웠는지 히메지가 볼을 살짝 붉히고 있었다.

"무슨 짓이냐뇨, 외국에서는 평범한 인사인데요?"

"여기는 일본이고, 우리는 일본인이잖아."

"사소한 걸 따지네요."

히메지가 그렇게 말하며 과장스럽게 어깨를 으쓱였다. 그리고 스탭분과 마츠다 씨가 여전히 말다툼을 벌이고 있는 출입구 쪽으로 한 발짝 내디뎠다.

그 옆얼굴은 내가 알고 있던 평소의 히메지로 돌아와 있었다.

"다녀올게요."

박수갈채와 함께 막이 내리고, 객석에도 희미한 조명이 켜졌다. 공연이 끝났다는 안내 방송이 흘러나오자 손님들이 우르르 나갔다.

"아이, 멋졌지. 노래도 잘하고."

휴우~, 하고 옆에 앉은 후시미가 감탄하는 모습을 보였다.

"무대에 서는 배짱이 역시 대단하다니까~."

그 너머에 앉은 토리고에도 덧붙였다.

공연이 시작되기 전에 그런 상태였다는 건 아무도 모를 것이다. 감기에 걸려서 열이라도 난 건가 싶을 정도로 안색이 안 좋았으니까.

공연이 시작되기 직전에 돌아올 수 있었던 나는 돌아올 때 길을 헤맸다며 적당히 거짓말을 해두었다. 사실대로 말해서 다른 사람들을 불안하게 만들 이유도 없고, 아마 히메지도 실제로 어땠는지 알리고 싶지는 않을 테니까.

히메지가 대기실에서 나간 다음, 마츠다 씨가 내게 매우 고마워했다.

『고마워, 쿵. 새끼 토끼가 발키리로 바뀌었어~.』

그런 말까지 했다.

꺼두었던 휴대폰 전원을 켜자 곧바로 메시지를 한 건 받았다.

『사인을 받고 싶으시면 언제든지 말씀하세요!』

히메지가 보낸 메시지였다.

시간이 방금인 걸 보니 무대 뒤로 들어가서 곧바로 보낸 것 같았다. 이런 거 말고 따로 할 일이 없는 거야? 그렇게 생각하자 쓴웃음이 나왔다.

"왜 그래? 료 군."

"히메지가 이런 문자를 보냈어."

휴대폰 화면을 보여주자 후시미가 히메지다운 메시지에 어이가 없다는 듯이 웃었다.

"이제 막 끝난 참이라 신이 난 거겠지."

"끝났는데도?"

"사람마다 다르겠지만, 그런 사람이 대부분일 거야. 역할에 몰입한 채로 빠져나오지 못한다거나."

자주 있는 일인 모양이었다.

오늘 보여준 연기는 학교 영화를 촬영할 때의 히메지와는 전혀 달랐다.

촬영 초반에 그 딱딱하던 연기는 아예 말도 안 되지만, 후반에는 그래도 실력이 좋아진 편이었다. 하지만 오늘 보여준 연기는 그 이상의 퀄리티였다. 연출가에게 이것저것 트집을 잡히며 연습한 보람이 있었던 것 아닐까.

반 친구들이나 데구치, 후시미가 저마다 감상을 이야기하며 극장에서 나갔고, 나도 그 뒤를 따랐다.

"히메지, 정말 잘했어. 무대는 히이나가 출연했던 것 이후로 처음 보는 거라 어떤 건가 싶었는데, 직접 보니까 박력이 있네."

토리고에도 표정에는 드러내지 않았지만, 감동을 받았는지 평소보다 말수가 많았다.

"나도, 열심히 해야지."

"소설?"

"맞아. 저번에 줬던 거, 상에 응모했는데."

"오, 오오. 어떻게 되었어?"

"전혀. 그야 그렇겠지라는 느낌이라, 만만하지 않다는 걸 알게 되었어. 내가 해보고 느낀 건데, 타카모리 군이 상을 받은 건 대단한 거야."

새삼 그렇게 말해주니 쑥스러워졌다.

"그건 응모한 숫자가 얼마 되지 않았기 때문이겠지."

"그렇게 툭하면 비하하지."

밖에서는 후시미와 마나 일행이 모여서 나와 토리고에가 오기를 기다리고 있었다.

"오빠야도 아이에게 감상 보내는 거 알지?"

"그래, 뭐, 그렇지."

우쭐대는 모습이 눈에 선하네.

"히메 님……, 오늘 첫 공연 고생 많으셨습니다……, 오랜만에 무대에 서신 모습을 뵙게 되니 눈물 때문에 앞이 보이질 않아서……."

소리 내어 말하며 메시지를 입력하는 시노하라는 전형적인 귀찮은 팬이었다.

차단당하지 않으면 좋겠는데.

"타카양, 패밀리 레스토랑이라도 갈까 하는 이야기가 나왔는데, 가자고~."

데구치가 굳이 찾아났는지, '저쪽에 있는 것 같아'라며 방향을 손가락으로 가리켰다.

후시미를 보니 눈이 마주쳤다. 아직 오후 4시. 공연이 끝나면 외출하자고 미리 이야기를 나눴었다.

"데구치, 미안. 일정이 있거든."

"그래? 뭐 하는데?"

"아니, 뭐……."

후시미가 내게 맞장구를 치듯이 고개를 살짝 끄덕였다. 데구치는 그걸 보고 눈치를 챈 모양이었다.

무릎을 꿇은 데구치가 주먹으로 땅바닥을 두드리기 시작했다.

"뭐냐고…………. 산타 할아버지, 저에게도 여자 소꿉친구를……, 주세요……. 청초한 계열이 안 된다면 갸루라도 상관없어요. 아니, 갸루가 더 좋아요…….”

지금 소꿉친구가 없다면 앞으로도 안 생기는 거잖아.

“커플다운 일도 하는구나.”

토리고에가 슬쩍 웃으며 놀려댔다.

“시이도 같이 갈래?”

“아, 미안, 그런 뜻이 아니거든. 내가 있으면 방해만 될 테고.”

“그렇구나…….”

후시미도 나름대로 쓸쓸해 보였다.

우리는 먼저 빠지기로 하고, 다시 버스를 타고 번화가로 향했다.

“아이, 대단했지.”

옆자리에서 후시미가 조용히 중얼거렸다.

“연기도 정말 잘하게 되었고…….”

가깝게 지내던 소꿉친구가 활약하는 모습을 본 후시미는 좀 전의 무대가 창밖에 있는 것처럼 계속 그쪽을 바라보고 있었다.

거의 코앞까지 다가왔던 주연 자리다.

감상에 젖는 것도 어쩔 수 없을 것이다.

“히메지에게는 히메지의 장점이 있고, 후시미에게는 후시미의 장점이 있어. ……나는 그렇게 생각해.”

“료 군은 말이지~, 뭔가 이상한 것 같지 않아?”

“뭐가?”

애매한 질문이라 전혀 이해가 되지 않았다.

하지만, 왠지 분위기로 내가 뭔가 실수를 저지른 것 같은 낌새가 느껴졌다.

"나를 언제까지 후시미라고 부를 거야?"

아……, 그리고 보니.

"나는 료 군의…………, 여자친구, 니까……, 저기……."

그녀가 머뭇거리며 갑자기 기어들어가는 목소리로 말했다.

"호칭……. 다른 사람들하고 똑같은 건, 싫은 것, 같아……, 특별한 게 좋아."

버스가 흔들리자 그걸 이용해서 찰싹 달라붙은 후시미.

특별한 호칭…….

"'히나삐'는 어때?"

"후훗."

뜻밖의 제안에 후시미가 웃음을 터뜨렸다.

"정말. 장난치는 거지~?"

그녀가 웃으며 나를 올려다보았다. 어느새 팔짱을 낀 상태였는데, 한동안 놓아줄 것 같지 않았다.

"'삐'를 붙이는 것도 괜찮을 것 같아서."

"그럼, 좋아. 불러줘. 다른 사람들 앞에서도 '히나삐'라고."

"……."

"거 봐. 역시 부끄럽다고 생각하는 거네!"

"아무 말도 안 했잖아."

그렇게 생각하긴 했지만.

계속 공격만 당했기에 반격삼아 귓가에 살며시 속삭여 주었다.

"히나삐."

"후후훗. 정말~! 개그처럼 그러기 없기야. 웃음이 나와버리니까."

"응, 히나삐는 못 쓰겠네. 장난 칠 때 빼고는."

"이미 완전히 개그처럼 됐으니까 그렇지."

후시미가 신이 난 듯이 쿡쿡 웃었다.

번화가에 도착했지만 딱히 갈 곳을 정해둔 건 아니기에 쇼핑몰에 들어가 가게들을 구경하고 다녔다.

거리도 건물 내부도 크리스마드 모드가 된 데다, 커플들의 모습이 자주 눈에 띄었다.

"료 군, 이거 봐. 이상한 책이야."

잡화점에 들어가 신경 쓰이는 책을 보여준 후시미.

후시미는 뭘 가지고 싶어할까.

과거로 거슬러 올라가 보면, 마지막으로 크리스마스 선물을 준게 초등학교 저학년 때였던 것 같다. 그것도 학교의 크리스마스 모임 같은 곳에서 반드시 준비해야만 했던 반강제적인 이벤트 때문이었다.

다행히 마츠다 씨가 사무소에서 아르바이트를 하게 해준 덕분에 마음대로 쓸 수 있는 돈은 꽤 있다.

큰맘 먹고 비싼 걸 사도 되겠지만, 오히려 너무 신경 쓰게 만들어버리진 않을까.

후시미도 내게 줄 선물로 뭔가 생각하고 있을까.

"료 군?"

"어, 아, 미안해."

계산대 근처에 있던 도수 없는 안경을 끼고 어울리는지 시험해 보고 있는 것 같았다.

"어울려?"

"어울려."

"후후."

그녀가 만족스러운 듯이 미소를 지었다.

"아이라면 '어울리는 게 당연하죠'라고 할 것 같아."

흉내가 너무 비슷해서 나도 웃을 뻔했다.

잡화점을 나선 다음, 후시미는 가게 앞에 전시되어 있던 마네킹을 곁눈질로 보며 지나갔다.

선물은, 옷으로 할까? 만약에 그렇게 되면 일단 마나와 의논해야지.

"좀 쉴까."

건물 위쪽이 식당 층이고, 아마 카페가 있었을 텐데.

"어?"

깜짝 놀란 후시미가 천천히 빨개졌다.

"쉬자고…… 아니, 돌아다녀서 피곤하겠다 싶었거든. 윗층에 카페가 있었지?"

"어, 앗, 카페, 아, 응, 있었어, 있었어."

후시미는 뭔가 둘러대는 듯이 빠르게 말을 늘어놓고는 도망치듯이 에스컬레이터를 찾아보았다.

보아하니 이상한 착각을 했구나?

성실하고 모범생 같은 후시미는 집에서 여성향 19금 소설을 읽는다.

흥미는 있는 거지, 일단은.

에스컬레이터를 타자 먼저 탄 대학생 쯤 되는 커플이 달라붙어서 애정행각을 보이고 있었다.

매우 가까운 거리까지 다가서고는 얼굴과 얼굴을 맞댔다.

"아."

방금 분명히 뽀뽀했는데.

"보면 안 돼."

후시미도 보고 있었는지 내 눈을 가렸다.

"보고 싶어서 본 게 아닌데."

"어, 어째서 공공장소에서 저러는 걸까……, 정말……."

그녀는 반장 같은 말을 하고는 시선을 둘 곳이 곤란한 건지 이쪽으로 몸을 틀었다.

"크리스마스가 다가와서 그런 거 아닐까? 다른 사람이 그러는 걸 직접 본 건 이번이 처음이라 충격적이긴 했지만."

"그러게. 깜짝 놀랐어……."

그녀는 그렇게 말하면서도 뒤쪽이 신경 쓰였는지, 가끔 힐끔거리며 엿보고 있었다.

위층에 도착하자 주위를 둘러보다가 제일 한산한 카페로 들어갔다.

"여기, 4월에 왔었지."

"그랬지."

나도 기억하고 있다.

생각해보니 그게 데이트라고 할 만한 것을 처음 해본 날이었다.

다가온 점원분이 자리를 안내해 주었고, 우리는 메뉴를 보고는 다시 온 점원분에게 주문을 했다. 나는 커피. 후시미는 카페오레.

잠시 후 커피가 나오자 후시미가 머그컵을 두 손으로 감싸고는 입으로 가져다 댔다.

토리고에만 그런가 싶었는데, 후시미와도 말없이 보내는 시간이 신경 쓰이지 않게 되었다. 나는 거리를 두던 기간을 계속 질질 끌면서 멋대로 '말없이 보내는 시간은 껄끄럽다'라고 착각했던 것뿐일지도 모르겠다.

좀 전에 보았던 무대 이야기가 나왔고, 학교 친구들 이야기가 나왔고, 크리스마스 때 예전에는 이런 걸 했었지, 하는 추억 이야기가 나왔고, 그렇게 머그컵에 입을 가져다 대며 별것 아닌 이야기를 나누었다.

"대단했지, 아이……."

그리고 다시 무대 이야기로 돌아왔다. 히메지를 부러워하는 듯이 칭찬한 게 오늘 몇 번째일까.

어느새 머그컵이 비었다. 후시미가 화장실에 가기 위해 자리를 뜨자 계산대로 가서 계산을 해두었다.

"계산해준 거야? 나는 카페오레를 마셨으니까……."

"됐어. 데이트니까 내가 낼게."

"어~. 그럴 수는……."

성실하네. 나는 그렇게 생각하며 쓴웃음을 지었다. 후시미가 지갑에서 돈……, 카페오레 값을 꺼냈지만, 단호하게 거절했다.

"그럼, 다음에 뭐라도 사줘."

"그러면 되려나."

그렇게 무난히 해결되었다.

"료 군은 어느새 어른이 되었네."

내가 사겠다고 말했기 때문일 것이다.

"너도 마찬가지지. 어느새 야한 소설도 읽게 되었고⋯⋯."

"그, 그건 로맨스 소설이야! 이상하게 말하지 마."

마찬가지 아닌가?

주위에 있던 커플들이 다들 그랬기에, 우리는 자연스럽게 손을 잡고 있었다.

쇼핑몰에서 나와서 다음에는 뭘 할지 생각하고 있자니 후시미가 노래방이 있는 건물을 손가락으로 가리켰다.

"료 군, 저기 괜찮아?"

왠지 무슨 말을 하고 싶은 건지 알 수 있었다.

히메지에게 자극을 받았기 때문, 그리고 답답한 기분을 풀고 싶기 때문일 것이다.

괜찮다고 대답하자 곧바로 노래방으로 가게 되었다.

접수를 마치고 안내를 받은 곳은 2인용 소파와 테이블만 있을 정도로 매우 좁고 어두운 방이었다.

겉옷을 벗고 옷걸이에 걸고 있자니 후시미가 조용히 말했다.

"좁긴 하지만, 딱 좋네."

"뭐가?"

"붙어있기에."

그걸 기대하고 노래방에 온 건가……?

아니, 좁아서 붙어있을 수밖에 없긴 한데.

후시미는 단말기를 조작해서 곧바로 두 곡을 예약했다. 원래 목소리보다 한 톤 높은 그녀의 달콤한 목소리를 들으며 옆얼굴을 바라보았다. 화면 빛에 비친 눈이 영상을 희미하게 반사하고 있었다.

"료 군도 예약하지 그래?"

"그러게."

문득 생각난 것은 저번에 학교 축제 뒷풀이 때 후시미가 요청했던 곡이었다. 완전히 러브송인 데다, 가사에 나오는 리나라는 이름을 좋아하는 사람의 이름으로 부르는 게 커플들 사이에서 유행하고 있는 모양이었다.

처음 들었을 때는 내가 그럴 리가 없다고 생각했는데, 설마 이런 날이 오게 될 줄이야.

한 곡을 다 부르자 후시미가 두 번째 곡을 취소했다.

"어라, 취소해도 괜찮겠어?"

"괜찮아, 괜찮아. 내가 듣고 싶으니까."

기대로 가득 찬 시선이 내 옆얼굴에 꽂혔다. 압박감이 느껴지네……

예전에 요청받았던 대로 가사에 나오는 리나를 히나로 바꿔서 불렀다.

"꺄악~." "우후후." "아앗~." "부끄러워~!"

이런저런 소리를 내며 후시미가 나를 때려댔다.

"나도 부끄럽다고."

"노래를 듣는 나는 더 부끄럽거든."

겨우 노래가 끝나자 마이크를 내려놓았다. 중간부터 뻔뻔한 척하면서 부르긴 했지만, 아직 얼굴이 뜨겁다.

"좋은 가사지. '있잖아, 리나, 네가 있기만 하면 아무것도 없어도 웃을 수 있어'라니."

흔해 빠졌다고 넘길 수도 있는 곡이지만, 지금은 후시미와 똑같은 생각을 하고 있다.

"나, 료 군에게 그런 여자친구가 되고 싶어⋯⋯."

투욱, 그녀가 내 어깨에 머리를 기댔다.

후시미가 뒤에서 어깨에 팔을 두르더니 입술을 살짝 움직였다. 뭔가 말하고 싶어하면서도 기대하고 있는 그 분홍색 입술을 본 나는 고개를 기울여서 맞이하러 갔다.

최신 히트곡들을 소개하는 연예인의 목소리와 효과음이 울리는 사이에, 쪽. 생생한 소리가 들렸다.

"공공장소에서, 해버렸네⋯⋯."

그녀는 눈을 살며시 뜨고 쑥스러운 듯한 미소를 지었다.

"밀실이니까 세이프야."

"그, 그렇구나⋯⋯ 그럼⋯⋯, 한 번 더."

모르는 밴드의 뮤직 비디오 영상에 묻혀버릴 것처럼 속삭이는 목소리였다.

싸구려 가죽 소파 위에서 한 번, 두 번, 키스를 했다. 새어 나온 숨소리가 들렸다. 내 숨소리인지, 후시미의 숨소리인지는 잘 모르겠다. 우리 두 사람의 얼굴이 뜨겁다는 것만은 알 수 있었다. 곤란하다는 듯이 조르는 표정으로 그녀가 입술을 슬쩍 내밀었다.

가볍게 노래만 할 거라고 한 시간만 잡고 노래방에 왔는데, 노래는 처음에만 몇 곡 부르고 끝났다. 우리는 나머지 시간을 좁은 소파도 공간이 남을 정도로 밀착해 있었다. 정신이 없었던 우리에게 한 시간은 눈 깜짝할 새였다.

바깥으로 나오자 12월의 바람이 뜨거워진 머리를 식혀주었다.

"저녁은 어떻게 할까?"

통금이 엄격하다는 이미지는 아니었지만, 혹시나 하는 마음에 물어보았다.

"아직 집에 가고 싶지 않아, 나."

"그러면 밥을 먹고 갈까."

마나에게 메시지 보내둘까? 미리 말하지 않으면 화를 내니까.

좀 전에 갔던 쇼핑몰 쪽으로 돌아온 다음, 나는 화장실에 가기 위해 자리를 떴다.

밥을 먹을 만한 곳이 어디 있더라…….

나는 근처의 지도를 머릿속으로 재생했다. 커플이 가기에 패밀리 레스토랑은 좀 미묘하지. 점심밥이라면 모를까.

아니, 괜찮은가? 너무 신경 쓰게 하지 않는다는 의미로는 괜찮은 건가……?

후시미가 뭘 원하는지 아직 잘 모르겠다.

아예 토리고에 같은 사람에게 물어보는 게 빠를지도 모르겠다.

"뭘 먹고 싶은지 물어본 다음에 가게를 찾아볼까."

볼일을 보고 난 다음에 화장실 밖으로 나오자 후시미를 금방 발견할 수 있었다. 그런데 그녀 옆에는 30대 정도로 보이는 남자가 있었고, 뭔가 이야기하고 있던 도중이었다.

또 헌팅인가……?!

목소리를 크게 낼 수 있게끔 어흠. 목 상태를 미리 확인했다.

기합을 다지고 성큼성큼 다가갔다.

"저, 저기! 무슨 볼일이신가요!"

뒤에서 큰 목소리로 말을 걸어서 그런지 둘 다 깜짝 놀라서 어깨를 움츠리며 이쪽을 돌아보았다.

"료 군이구나. 깜짝 놀랐네……."

"아. 저기, 이 사람이 남자친구?"

"……에헷. 네……."

쑥스러운 듯이 볼을 붉히며 긍정하는 후시미.

"그래, 그래. 미안해, 여자친구에게 멋대로 말을 걸어버려서."

"아뇨. 저기, 헌팅하시는 건가요?"

내가 힘이 잔뜩 들어간 눈으로 바라봐서 그런지 남자가 급하게 두 손을 저었다.

"아니, 아니, 아니……, 비슷하긴 한데, 그런 건 아니야."

수수께끼라도 내는 건가……?

수상쩍어하던 내게 남자가 명함을 하나 내밀었다.

"CSO(캐스트 스타디움 오피스)의 모리입니다. 우리는 모델 · 탤런트 사무소인데, 그래서 여자친구분한테 잠깐———."

명함을 잘 보니 그런 내용이 적혀 있었다.

약간 깔끔하고 캐주얼한 계열의 옷을 입고 있는 모리 씨.

직책은 매니지먼트 서포트부 치프라고 적혀 있었다.

"죄송합니다. 수상쩍은 사람인 줄 알았거든요."

"아니야, 아니야. 다른 사람이 보기에는 수상쩍을 테니까. 틀린 말은 아니지."

모리 씨는 자학하는 듯한 말을 하고 어깨를 들썩이며 웃었다.

"혹시 흥미가 있다면 명함에 적힌 연락처로 연락해줘. 그럼 데이트 즐겁게 하고."

후시미가 살짝 고개를 숙여 인사했다.

손을 살랑살랑 흔든 모리 씨는 곧바로 떠나갔다.

나는 다시 명함과 멀어져가는 그의 뒷모습을 번갈아가며 보았다.

"CSO……, 그러니까 연예 사무소 같은 곳인가?"

응? 잠깐만.

"혹시 방금 스카우트 당하고 있었던 거야?"

"그, 글쎄. 자기소개를 하고 가볍게 인사한 다음에 명함을 줬을 뿐이니까."

"그걸 스카우트라고 하는 거 아닌가……."

뭔가 눈치챈 후시미가 지갑의 카드 홀더 안에서 다른 명함을 꺼냈다.

"아. 역시나! 저번에도 받았던 이 명함도 CSO야."

이거 봐, 후시미가 그렇게 말하며 보여주었다.

"여름 축제 때 만났던 타카시로 씨. 좀 전에 왔던 모리 씨하고 같은 회사야."

"아~. 나한테도 명함을 줬었지."

어디에 보관하고 있는지 기억이 전혀 나질 않는 걸 보니 버렸거나 잃어버린 것 같다.

"후시미는 그 회사하고 인연이 있는 거 아닐까?"

"그런가……?"

"벌써 두 번째잖아. 게다가 이번에는 스카우트를 당했고."

"스카우트는 도쿄에서 하는 거 아니야?"

"…………드, 듣고 보니 그렇네."

도쿄에 전철을 타고 갈 수 있는 거리이긴 하지만, 이곳은 지방 도시다. 완전히 변두리다. 연예 스카우터가 눈빛을 빛내고 있을 것 같진 않고, 그런 이야기를 들어본 적도 없다.

데뷔하게 된 계기는 도쿄 어딘가를 돌아다니다가, 였다는 연예인의 에피소드를 자주 들었다.

"그럼, 모리 씨는 왜 후시미에게 명함을 준 걸까."

"나랑 개인적으로 연락을 하고 싶어서……, 인가?"

후시미가 의심이 많아졌다.

이상한 사무소의 변태 사장에게 얕보인 경험이 있기에 꽤 신중해진 것 같다.

"그래도 연락하고 싶은 것뿐이라면 SNS 계정만 알려줘도 되잖아. 회사 명함을 준 걸 보니 일 목적인 것 같은데."

"그렇긴 하겠네."

생각에 잠긴 후시미가 명함에 구멍이 뚫릴 것 같을 정도로 빤히 바라보고 있었다.

여름 방학 때의 후시미였다면 매우 기뻐하며 제일 먼저 달려들었겠지만, 보류라는 행동 커맨드를 익힌 모양이었다.

저녁밥은 뭘 먹을까. 그런 이야기를 꺼냈더니 그녀가 양식 체인점 이름을 말했다.

"오므라이스나 파스타, 햄버그 같은 걸 먹고 싶어."

"개구쟁이구나."

"후후. 아무리 그래도 전부 먹진 않아."

자연스럽게 손을 잡고는 가장 가까운 가게로 향했다.

"디저트도 맛있고, 가격도 저렴하고. 크리스마스 시기에는 양식이라는 느낌이잖아."

"뭐, 그렇긴 하지."

오늘은 크리스마스 장식만 눈에 들어왔으니 그런 기분이 드는 것도 이해가 된다.

큰길에 인접해 있는 양식 식당을 발견하고 안으로 들어갔다.

찬 바람 때문에 목을 움츠리고 있던 후시미도 한숨 돌린 모양이었다.

"크리스마스 전에 기말고사가 있단 말이지……."

"내년에는 수험생이고……."

우리는 안내받은 자리에서 함께 먼 산을 바라보았다.

"크리스마스 때는 다같이 파티를 하고 싶어. 료 군은 어떻게 생각해?"

"단둘이 보내고 싶어할 줄 알았는데."

"그런 생각도 해봤는데, 내년에 수험생이 될 거라고 생각하니까 크리스마스 때 놀 수 있는 건 올해가 마지막이 될 것 같아서."

"그렇긴 하네."

딱히 이의는 없었다. 꼭 크리스마스 때 단둘이 지내야 하는 법도 없고.

메뉴를 보면서 후시미 쪽을 힐끔 보았다.

체육 대회를 앞두고 사무소를 급하게 찾지 않겠다고 했던 후시미.

저번에 그런 일이 있었으니 경계하는 것도 이해가 된다.

하지만 타카시로 씨라는 CSO 사장은 후시미가 연기를 배우고 있는 액터즈 스쿨 사람이 소개해준 사람이었을 것이다.

"이야기만이라도 들어보는 게 괜찮지 않을까?"

"응?"

"아까 그 모리 씨 말이야."

"음……, 어떻게 할까. 시험도 있고……, 그리고 료 군하고도."

"나?"

"응……, 잔뜩 놀고 싶어서……."

고개를 숙이며 작은 목소리로 말한 후시미. 귀가 빨개졌다. 귀엽다.

"그건 나도 마찬가지야."

"료 군, 변태."

"어째서. 둘이서 논다는 게 그렇게 야한 건……."

내 방에 있었던 일. 좀 전에 노래방에서 있었던 일.

자각몽처럼 머릿속에 되살아나서 말문이 막혔다.

후시미도 마찬가지였고, 얼굴이 더욱 빨개졌다.

……그래.

이제 소꿉친구로서 노는 게 아니다.

나는 남자친구고, 후시미는 여자친구다.

서로 좋아하는 두 사람이 놀다 보면 언젠가 그런 것도…….

"야한 생각을 하는 듯한 표정이야!"

"목소리가 너무 커. 먼저 놀고 싶다는 말을 꺼낸 건 너잖아."

"윽. 그랬지."

"게다가 잔뜩 놀자니."

"으으……, 그래도 되잖아! 행복하니까."

"뭐, 응. 부정하진 않겠어."

우리는 쿡쿡대며 웃었다.

문득, 상을 받았을 때의 평가가 머릿속을 스쳐갔다.

내 여자친구가 된 후시미는 연기를 잘하고, 업계의 심사위원이 보기에도 높게 평가할 수준이었다. 지금도 액터즈 스쿨을 다니며 계속 배우고 있다.

성실하고, 머리가 좋고, 재능이 있는 이 애를 나 혼자만 얽매는 건 바람직하지 못한 것 아닐까 하는 생각이 들어버렸다.

외모도, 재능도, 양쪽 다 자기가 바란다고 손에 넣을 수 있는 것이 아니다.

오디션에서 떨어져서 울던 후시미. 히메지를 질투하던 후시미. 부러워하는 듯이 바라보던 후시미. 한결같이 계속 노력하던 후시미————.

아마 후시미 마음속에서도 답은 나와 있지 않을까.

"뭐, 스카우트는 이야기만이라도 들어보는 게 어때? 아니다 싶으면 그만둬도 되는 거니까."

나는 마지막으로 등을 살짝 밀어주었다.

③ 시험 공부와 대한파

"정말 괜찮았지이, 아이카."

첫 공연 다음날.

아르바이트가 잡혔기에 출근해보니 마츠다 씨가 방긋방긋 웃으며 인사도 대충하고는 그렇게 말했다.

"네. 뮤지컬은 처음 봤는데 재미있었고요, 히메지도 연기 실력이 늘었더라고요."

"그렇지? 그렇지?"

마츠다 씨는 마치 자기가 칭찬을 받은 듯이 기뻐하며 의자를 한 바퀴 돌렸다.

"그래도 쿵이 오지 않았을 때를 생각하면 오싹해지네……."

"그 녀석, 겁이 많네요, 의외로."

"뭐, 익숙해져야지, 그런 부분은."

아이돌 시절에도 처음에는 그랬던 모양이다. 서서히 자신감이 붙어서 아이카 님이 완성되었다고 한다.

"아, 맞다, 맞다, 아이카에게 들었어. 후시미하고 사귄다면서."

"네. 엄청나게 최근이지만요."

말할 생각이었는데, 수고를 덜었다.

"크리스마스가 얼마 안 남아서 뭘 선물할지 고민하고 있거든요."

나는 업무용 PC를 켜면서 은근슬쩍 물어보았다. 마츠다 씨는 패션 센스도 좋고, 여자 같은 사람이니까 여성적인 의견도 들어 볼 수 있지 않을까, 그렇게 기대했기 때문이다.

"선물? 그런 건 뻔하지."

"뭔데요?"

"이거야, 이거."

두 손으로 망측한 움직임을 보이는 마츠다 씨.

최악의 핸드 사인이다. 정상적인 의견을 들을 수 있을 거라 기대했는데.

"진지하게 물어본 건데요."

"완전 진지해! 나도!"

왠지 모르겠지만 되려 성질을 낸다. 완전 진지하다고?

"쿵, 알겠니? 스킨십은 중요하단다. 그러니까 해버리렴."

"밑도 끝도 없는 말을."

스킨십은 충분히 하고 있는 것 같은데…….

"그래도 아직 사귄 지 얼마 지나지 않아서요."

"그러니까, 쿵의 쿵도 쿵하지 않는다는 뜻이니?"

대체 무슨 소릴 하는 거지?

"젊은데도 말이지. 신기한 애네."

"아뇨, 아뇨, 그야 뭐, '쿵'하긴 한데요……, 목적이 그거라고 생각하지 않을지 걱정되거든요."

"바보구나~."

빙글, 마츠다 씨가 의자를 다시 한 바퀴 돌렸다.

"그쪽도 후끈후끈하게 기대하고 있을 거야, 분명히."

마츠다 씨가 다시 최악의 핸드 사인을 보였다.

후끈후끈, 기대한다라…….

옷을 반쯤 벗은 상태로 부끄러워하는 후시미가 머릿속에 떠올랐다.

"그, 그런가요?"

그럴지도 모른다는 생각을 한 적이 있긴 하지만, 이 선택지에서 실수하면 단숨에 정색하게 만들어버리게 될지도 모른다.

위험부담을 고려하면 무난하게 뭔가 선물을 주는 게 나을 것 같은데.

어떤 의견을 말해주려나 싶었는데 완전히 수컷 시점이다.

그게 의외로 고마웠다.

내게 그런 각도로 조언을 해줄 만한 사람은 데구치 정도밖에 없다. 하지만 크리스마스 선물에 대해 의논했다가는 질투의 불꽃으로 인해 그 녀석 자신이 불타서 재가 되어버릴지도 모른다.

"다른 질문을 드릴게요. 물건 중에서는 어떤 게 나을까요?"

"좋아하는 걸 사준다──, 그거면 돼."

"대충이네요."

"자기 선물을 위해서 고민해주는 것 자체가 기쁜 법이야. 뭘 주는지는 중요하지 않고."

"마음의 문제라는 거군요."

"그래. 그런 다음에 이거."

"그 손짓은 이제 됐다고요!"

나는 됐다면서 다시 망측한 손놀림을 보이기 시작한 마츠다 씨를 말렸다.

이 사람은 남자 같은 모습도 보인단 말이지. 깔깔대며 웃고 있
긴 하지만.

작업하다가 짬짬이 이야기를 들어보니 마츠다 씨는 첫날에 무
대 관계자들과 업계 초대 손님들에게 인사를 하고, 이튿째 이후
의 현장은 부하에게 맡긴 모양이었다.

"무대 연출가나 드라마, 영화의 프로듀서처럼 다양한 사람들이
보러 오거든. 특히 첫날에."

툭툭, 책상 위에 서류를 두드리며 정리한 마츠다 씨가 내게 손
짓을 하며 불렀다.

"내가 노린 대로 완전히 대호평이었으니까, 아이카는 분명히
바빠질 거란다."

으흥, 하고 입을 슬쩍 다물며 씨익 웃은 마츠다 씨. 기계치인
주제에 사람을 보는 눈은 있어서 신기한 사람이다.

"자, 이거."

"무슨 서류죠?"

내가 받은 서류 몇 장은 프레젠테이션 자료 같은 서류였다.

"뮤직 비디오와 내부용 PV를 만들 때는 거의 외주를 줬었는데,
우리 회사에 동영상 제작 부서를 만들 생각이거든. 처음에는 비
용이 좀 들긴 하지만, 우리 회사에서 만드는 게 장기적으로는 싸
게 먹힌단 말이지. 재빠르게 움직일 수도 있고. 프로모션용으로
SNS 계정도 만들고 거기에 공식 동영상을 올리거나, 요즘 다들
그러잖니?"

"네."

"정말, 감이 둔한 아이구나."

"그런 말을 자주 들어요."

"큥도 새로 만들 부서를 도와줬으면 해서."

나는 받은 자료를 훑어보고 있다가 고개를 들었다.

"저도요? 그래도 아르바이트인데요."

"상관없단다. 큥은 사장 전속 비서 겸 동영상 크리에이터가 될 거란다!"

처억, 마츠다 씨가 나를 집게손가락으로 가리키며 말했다.

"될 거란다! 는 무슨……, 언제 비서가 되었는데요."

동영상 제작을 돕는 것 자체는 괜찮다. 재미있을 것 같으니 해보고 싶고. 그런데 내가 비서였나?

"고등학교를 졸업하면 우리 회사에 취직하렴. 이건 섭섭하지 않게 줄게."

"서, 섭섭하지 않게요……?"

구체적으로는 얼마 정도일까.

그래도 물어보진 말자.

깊게 따지다 보면 물러나지 못하게 될 것 같으니까.

게다가 엄지손가락과 집게손가락으로 고리를 만들고 돈 모양을 만든 마츠다 씨의 표정이 악당 같다.

이건 받아들이지 않는 게 맞아 보이는데?

"큥은 일을 하면서 프로의 업무나 현장에 대해 배울 수 있고, 경험도 쌓을 수 있고, 흥미가 불끈불끈하지? 사무소에 드나드는 걸 알게 되면 아이카도 쓸쓸하지 않을 테고———."

"아, 혹시 마지막이 가장 큰 목적인가요?"

나를 히메지의 정신안정제로 써먹으려는 거 아닌가?

"상관없잖니. 학교 축제 뒤에 풀죽은 아이카를 달래느라 정말~
힘들었다니까."

히메지가 풀죽었다고?

……히메지가?

상상이 잘 안 되는데.

되려 성질을 내는 모습이 더 그럴싸하다.

"그건 제쳐두고. 쿙이 할 수 있는 일이 있다면 내가 지시할 테
니까, 여기서 작업할 내용이 늘어나는 것뿐이라고 생각해도 돼."

"알겠어요."

"활약에 걸맞은 보수를 지불할 테니까 안심하렴."

그건 전혀 걱정하지 않는다.

예전에 히메지의 PV를 만들었을 때도 꽤 큰 돈을 받았고.

좋은 의미로 치사한 마츠다 씨의 우선순위는 히메지가 가장 높
고, 그녀의 의욕을 관리하기 편하게끔 만들기 위해 나를 도구로
삼으려는 느낌이 든다.

그리고 영상 제작자로서도 조금은 능력을 인정해주는 낌새도
보인다.

"제가 근처에 있는 걸 히메지의 자존심이 용납하지 않을 것 같
은데요."

나는 소꿉친구 중에서 히메지가 아닌 쪽을 선택한 남자다.

"그렇게 생각해? 어제 그렇게 확 바뀐 모습을 보고도."

"그렇긴 하네요……."

나는 그렇게 백기를 들었다.

나는 히메지를 응원하고 있고, 성공했으면 좋겠다고도 생각한다.

마츠다 씨의 책략에 넘어가 주는 편이 히메지의 일이 더 잘 풀릴 것 같다.

나도 해보고 싶은 업무 내용이니 제안을 받아들이기로 했다.

아르바이트를 마치고 휴대폰을 확인해보니 후시미가 전화를 한 번 걸고 메시지를 한 통 보냈다.

메시지 쪽은 '우선은 전화로 이야기를 들어볼게'라는 내용이었다.

무슨 이야기인지는 적혀 있지 않았지만, 아마 사무소 이야기일 것이다.

후시미의 꿈과 하고 싶은 일을 감안하면 신경이 쓰이지 않을 리가 없다.

약간 트라우마가 있으니 전화로 이야기를 들어본다는 건 현명한 판단일지도 모르겠다. 또 이상한 사무소라면…….

"아, 맞다!"

집에 갈 준비를 하던 내가 갑자기 소리치자 마츠다 씨가 의아해하는 표정을 지었다.

"왜 그러니?"

"마츠다 씨, CSO라는 사무소 아세요?"

"물론이지. 그게 왜?"

나는 어제 있었던 일을 마츠다 씨에게 이야기했다.

"후시미가 스카우트를 당했구나~. 역시 그렇겠지이, 괜찮은 걸 가지고 있다고 생각했으니까."

마츠다 씨가 우리 사무소에 들어오지 않겠냐고 제안했던 적이 있었다.

결과적으로 다른 사무소 사람이 스카우트를 한 것으로 인해, 마츠다 씨의 사람 보는 눈이 훌륭하다는 게 증명되었다.

"그래서, 우선 이야기만 들어보기로 한 거예요."

"그래. 우리 사무소에 와주면 좋을 텐데, 아쉽네."

별로 안타깝지 않다는 듯이 어깨를 으쓱이는 마츠다 씨.

"CSO는 우리보다 규모가 작은 사무소고, 주로 지역 노선으로 나가고 있어. 이 지역 중시. 광고 모델이나 지역 탤런트가 소속되어 있기도 하니까, 후시미가 원하는 방향하고는 다를지도 모르겠구나."

그런 사무소였구나.

휴대폰으로 검색해보니 전혀 알지 못하는 탤런트와 모델이 여러 명 있는 사무소인 것 같았다.

건물을 나선 다음, 나는 후시미에게 답장을 보냈다.

『마츠다 씨에게 물어봤는데, 이상한 사무소는 아닌 것 같아.』

내가 할 수 있는 건 여기까지다.

이제 후시미가 뭘 느끼고 어떻게 판단하는지에 달렸다.

『다음에는 만나서 이야기를 나누기로 했어. 사장인 타카시로 씨하고 함께.』

어떤 이야기를 했는지는 모르겠지만, 후시미가 생각하기에는 이야기를 진행시켜도 괜찮을 것 같았던 모양이다.

『마츠다 씨에게 물어봐줘서 고마워! 이상한 회사가 아니라서 다행이야!』

히메지가 보기에는 잔챙이일지도 모르겠지만, 후시미는 다시 한 발짝 내디디려 하고 있다.

가까운 역으로 가는 동안에 답장 내용을 생각해 보았다.

후시미는 지역 노선을 납득한 걸까.

아니면 다른 이야기를 들은 걸까. 마츠다 씨가 이야기하는 걸 들어보니 연기 관련 쪽 일을 하는 것 같지 않았는데.

『잘 되면 좋겠다!』

나는 답장을 그렇게만 보냈다.

마치 노리고 있었다는 듯이 후시미가 전화를 건 것은 전철에서 내린 직후였다.

"여보세요."

『지금 통화 괜찮아?』

"응. 모리 씨라고 했던가? 이상한 사람은 아니었어?"

예전에 그런 일이 있었기에 나도 어느 정도 경계할 수밖에 없었다.

『평범한 오빠 같은 느낌이었어. 사무소나 하는 일에 대한 이야기를 들었고, 지역 광고나 지역 CM에 기용되는 탤런트나 모델분

들이 소속되어 있고······.』

그런 부분은 마츠다 씨에게 들었던 이야기와 일치했다.

"그래서, 후시미는 괜찮겠어? 무대나 영화, 드라마 같은 것들하고는 별로 관련이 없을 것 같은 느낌인데."

『그렇단 말이지.』

후시미는 정곡을 찔린 듯이 으음, 하고 고민이라는 것처럼 한숨을 쉬었다.

『연기 요소는 썰 프로그램의 재현 연기자나 이 근처에서 드라마를 찍을 때 엑스트라라거나, 그런 느낌인 것 같아서. 후후······.』

한숨을 쉬며 웃는 후시미. 쓴웃음이라는 걸 알 수 있었다.

히메지가 대대적으로 성공했다는 것(첫날 평가이긴 하지만)을 알고 있는 입장에서 보면 규모가 작은 일로 느낄 수밖에 없다.

후시미는 그 무대 오디션에서 마지막까지 남았으니 더더욱 그렇다.

『그래도 오디션 안내는 받는 모양이니까 소속되어도 괜찮겠다 싶어서.』

"그렇다면······."

괜찮지 않을까, 그렇게 말하려다가 말문이 막혔다.

이제 막 사귀기 시작한 연인.

히메지는 무대 연습 때문에 학교에 오지 않은 날이 있었다. 후시미가 바빠지면 어떻게 될까. 그런 마음이 마지막 순간에 등을 밀어주는 걸 망설이게 만들었다.

······아니, 히메지를 응원하는 것 이상으로 후시미 또한 응원하

고 있다.

나는 사귀기 시작하자 평범한 고등학생 커플 같은 것들을 하게 될 거라고 멋대로 꿈꾸고 있었다. 하지만 뭐든지 타이밍이라는 것이 있다. 운이나 그런 것들은 있을 때 쓰는 게 낫다.

소중한 여자친구를 내 형편 때문에 얽매고 싶지 않다.

"그렇다면 괜찮지 않을까?"

『오디션을 봤다가 떨어지더라도 또 위로해줘야 해?』

"그런 거라도 상관없다면 내게 맡기고."

후후후, 즐거운 듯이 웃는 목소리가 들렸다.

문득 내 아버지와 후시미네 어머니, 아시하라 사토미가 머릿속에 떠올랐다. 생각보다 먼저 후시미의 목소리가 들렸다.

『있지, 료 군……, 나한테 할 말 없어?』

"할 말? 그게 무슨 소린데."

다그치는 게 아니라 장난삼아 물어봤다는 느낌이었다.

"갑자기 물어봐도 말이지……."

할 말? 죄책감이 들 만한 짓은 하지 않았고, 뭔가 중대한 거짓말을 한 적도 없다.

『으음~, 있을 것 같은데~.』

그게 무슨 소리야.

바람을 피웠다는 증거를 가지고 있으니까 참회하는 걸 기다려주겠다, 그런 느낌이다.

"진짜 뭔데? 전혀 모르겠어."

『음~, 그렇구나. 그럼 됐어.』

"됐다고?"

그렇다면 별 일이 아닌 건가……?

통화를 하다보니 집에 도착했다. 타이밍이 좋았기에 전화를 끊고 거실로 가자 난방을 틀어두고 다리가 다 드러난 반바지를 입은 마나가 소파에서 휴대폰을 만지작거리고 있었다.

"추우면 바지를 챙겨입지."

"이게 귀엽잖아."

"누가 볼지도 모르는 평상복인데?"

"오빠야는 패션 레벨이 너무 낮아서 설명해주기가 힘들겠는데."

이런 말을 듣다니.

마나는 분홍색 페디큐어를 바른 발로 나를 가리켰다.

"오빠야는 패션 레벨 8."

"후시미는?"

"요즘에 레벨이 올라서 2."

"낮네. 오른 게 그거야?"

푸흡, 마나가 웃음을 터뜨렸다.

"다음 주에 날씨가 안 좋다는데~? 눈이 온다고, 눈~. 엄청 쌓일 거래."

마나가 그렇게 들뜬 듯이 말했다.

"눈이 쌓인다니, 신기하네."

"최강의 대한파가 온다는데."

별것 아닌 잡담을 하던 와중에 나는 고민하고 있던 것을 자연스럽게 끼워넣었다.

"마나, 너라면 크리스마스 선물로 뭘 받고 싶어?"

"어?! 오빠야, 선물 주게?!"

마나가 엄청나게 눈을 빛내고 있다.

"그게 아니라."

"아니라고? 괜히 들뜨게 해놓고, 진짜 영문을 모르겠네."

기뻐했던 탓인지 태도가 단숨에 싸늘해졌다.

'마나, 너라면'이라고 확실하게 물어봤는데 말이지.

"아니, 나한테 평소에 감사하는 마음을 담아서 선물을 줘도 되지 않아?"

"고마워, 마나. 네 밥이 없었다면 나는 죽었을 거야."

가스, 전기, 수도, 마나.

전부 소중한 생명줄이다.

"정말~, 오빠야는 츤데레라니까."

이히히, 마나가 그렇게 웃고는 돌아누워서 자세를 바꾸었다.

"후시미에게 크리스마스 선물을 사줄까 하는데. 뭘 줘야 할지 모르겠거든."

빙빙 돌려서 묻지 않고 직접적으로 물었다.

"크리스마스 선물이라는 게 히나에게 줄 거였구나."

흥미를 잃은 마나는 휴대폰 화면을 보며 천천히 다리를 흔들었다.

"뭐가 좋을 것 같아? 패션 레벨 MAX인 마나밖에 기댈 사람이 없거든."

마나가 내 얼굴을 힐끔 보고는 입가를 일그러뜨렸다.

"오빠야가 내게 기대니 기분이 나쁘지 않은 것 같네. 으음~, 첫 선물이라. 정석으로 실버 액세서리 같은 게 낫지 않을까?"

나는 그게 정석인지도 몰랐다.

"아니, 정석적인 선물을 줘도 괜찮은 거야?"

"그건 한 바퀴 돌고 나서 생각할 문제지. 첫 선물이라면 왕도이 자 단골이면 충분해. 일단 잘못될 리가 없어."

"패션 경찰, 너무나도 믿음직스럽네."

"내 선물도 기대할게, 오빠야."

마나가 쪽쪽, 손으로 키스를 날려댔다.

"그래, 그래."

다음에 몰래 사러 가야지.

다음 주.

나와 후시미가 함께 등교하자 먼저 와 있던 히메지 주위에 사람들이 몰려 있었다.

"긴장요? 전혀 안 했는데요."

뽐내듯이 말하며 모여든 여자애들을 놀라게 만들고 있었다.

엄청나게 긴장했던 주제에, 말은 잘하네.

"아이의 인기가 대단하네."

"전학왔을 때 같은데."

히메지가 전학왔던 건 수학여행을 앞두고 있었을 때였을 것이다. 시간이 벌써 그렇게 지났나? 나는 그렇게 감동을 느끼고 있었다.

옆에서 히메지와 여자애들이 이야기하는 목소리가 들렸다.

"상대역 미남 배우를 막 좋아하게 되진 않아?"

"연습은 힘들어?"

"노래 진짜 잘하더라."

등등, 히메지는 그렇게 감상이나 질문 같은 걸 들으며 히로인 대접을 받고 있었다.

그녀의 콧대가 점점 높아지는 걸 목소리의 톤으로 알 수 있었다.

"그냥 상대 역할이었을 뿐이니까, 좋아하게 되진 않아요."

히메지가 으스대는 표정으로 말할 때마다 관중인 여자애들이 멋진 반응을 보이며 놀라고 있었다.

"뭐, 연습이 끝나면 식사를 하자고 제안받은 적은 있었죠. 거절했지만요."

어~? 라든가. 꺄악~, 이라든가. 대단하네~, 라는 목소리가 오갔다.

자기과시욕 덩어리 같은 히메지는 매우 기분이 좋다는 듯이 싱글거리는 상태.

연예 활동을 하는 반 친구는 그리 많지 않고, 그렇게까지 대대적으로 활약하는 경우도 드물다. 히메지의 예전 경력을 알지 못한다 해도, 그런 것에 관심이 별로 없더라도, 그 무대를 보니 말을 걸고 싶어지는 심정은 이해가 되었다.

"어제 했던 이야기 말인데."

후시미가 조용히 말을 꺼냈다.

"사무소?"

"맞아. 어머니에게도 잠깐 물어봤거든."

아시하라 씨에게? 후시미에게는 가까운 것 같으면서도 먼 존재인 어머니, 여배우다. 어머니니까 연락처를 알고 있는 게 당연하긴 하겠지만, 의논했다는 게 뜻밖이었다.

"그 사람도 일단은 전문가이긴 하니까."

그렇게 말하고 나서 별로 좋지 않은 표현이라는 생각이 들었다.

나와 똑같은 생각을 한 건지, 후시미가 쿡쿡 웃었다.

"일단은 말이지. 그렇긴 해. 어머니는 '조금이라도 해보고 싶다는 생각이 있으면 도전해보지 그래?'라는데."

"오오. 그거 다행이네."

내 응원보다 더 큰 기운을 받지 않았을까.

아시하라 씨에게 후시미의 꿈 이야기를 했을 때는 꽤 부정적이었지만, 학교 축제 때 후시미의 무대를 보고 생각이 바뀌었는지도 모르겠다.

"그래서 내일 면담을 하게 되었어."

"좋은 이야기 들었으면 좋겠다."

"응!"

꽃이 피어나는 듯한 밝은 미소를 보이는 후시미.

역시 등을 밀어준 게 정답이었던 것 같다.

"으스대는 히메지는 표정도 정말 대단하네. 저대로 석고로 본을 떠서 남겨두고 싶을 정도야."

토리고에가 독특한 표현으로 비꼬면서 나와 후시미에게 다가왔다.

"시이, 좋은 아침이야. 아, 추천해 줬던 영화 봤어!"

"좋은 아침. 영화는 어땠어?"

이쪽도 나름대로 조용히 분위기를 띄우고 있다.

이야기가 일단락되자 후시미에게 다른 여자애가 말을 걸어서 자리를 떴다.

아마 화장실에 갔을 것이다.

"토리고에라면 후시미에게 줄 선물로 뭘 살 거야?"

후시미와 다른 친구가 크리스마스 이야기로 들떠 있었기에 말을 꺼내기가 편했다.

"나라면⋯⋯."

토리고에가 잠시 생각하다가 입을 열었다.

"북 커버, 같은 거?"

"우와, 엄청 좋네."

"어. 그, 그래?"

자신의 제안을 칭찬받아서 그런지, 토리고에는 기쁜 눈치였다.

"아니, 취미와도 관련이 있고, 실용적이고, 받은 쪽에서 신경을 쓸 만큼 비싸지도 않잖아."

"맞아, 맞아. 전철 같은 곳에서 종이책을 읽을 때는 다른 사람에게 표지를 보이는 게 싫으니까."

"BL을 읽으니까 그렇지."

"응. 맞아."

토리고에는 뻔뻔하게, 마치 당연하다는 듯한 표정으로 긍정했다.

"그건 제쳐두고. 북 커버를 선택하다니 역시 대단하네."

"하지만, 좋아하는 사람에게 받아서 기쁜 선물은 아닐지도 몰라."

"그래?"

"내가 만약에 남자친구에게 받는다면, 기쁘긴 하겠지만 약간 아쉬울 것 같은 느낌이야. 친구에게 받아서 기쁜 거하고 남자친구에게 받아서 기쁜 건 같지 않다고 해야 하나."

아침부터 너무 심오한 의견을 말하지 말라고.

진리에 맞닿은 듯한 느낌이다.

"그래도 이렇게 여러모로 알아보고 고민해주는 것도 선물의 일종이라고 해야 하나. 나라면 그것만으로도 기쁘다고 생각해버릴 것 같은데."

나는 토리고에를 빤히 바라보았다.

"아니, 그러니까, 적당히 고른 게 아니라, 나를 생각해서 골라줬다고 한다면…….."

내 시선을 견디지 못했는지, 말을 이어나가던 토리고에가 말꼬리를 서서히 흐렸다.

여자처럼 행세하는 마츠다 씨가 그런 말을 했을 때도 느낌이 딱 왔었는데, 토리고에가 비슷한 이야기를 할 줄은 몰랐다.

"뭐, 뭐야. 하고 싶은 말이 있으면 해."

"토리고에에게도 소녀 같은 구석이 있구나."

"……나도 일단은 여자거든?"

토리고에는 쑥스러운 듯이 눈을 돌리고는 조용히 그렇게 말한 다음, 자기 자리로 돌아갔다.

점심시간이 되자 나와 후시미는 토리고에와 함께 물리실로 향했다.

"내가 방해되지 않아?"

토리고에가 그렇게 말했지만, 나와 후시미는 서로 얼굴을 마주 보고는 고개를 저었다.

"크리스마스 파티 일정을 짜고 싶으니까, 회의를 해야지."

후시미가 나름대로 반쯤 핑계, 그리고 반쯤 진심으로 내세운 명분일 것이다. 토리고에가 신경 쓰이지 않게끔 배려한 마음씨가 엿보였다.

그 파티 날짜와 구체적으로 뭘 할지에 대해 이야기를 나누고 있자니 문이 드르륵 열렸다.

"휴우~~~. 정말 힘들었어요."

들어온 사람은 히메지였다.

"무대에 대해 질문 공세를 퍼붓는데, 진짜 그만했으면 좋겠더라고요."

얼굴에 활기가 넘치는데.

더 물어봐라, 더 칭찬해라, 얼굴에 그렇게 쓰여 있다고.

히메지가 고개를 저으며 우리 근처에 앉았다.

"방금 말이지, 크리스마스 파티 이야기를 하고 있었는데."

"저는 공연이 있으니까, 그날을 피해서 잡아주세요."

두두둥, 하는 소리가 들릴 정도로 으스대는 표정. 히메지가 알아보기 쉽게 선제공격을 가했다.

"괜찮아. 다른 사람들하고 제대로 일정 맞출 생각이었으니까."

"그런가요?"

히메지는 평소처럼 맞서지 않는 후시미를 보고 독기가 빠진 모양이었다.

"파티 전에 시험을 보니까 우선은 그쪽부터 신경 써야겠지."

들뜬 기분이었던 나와 히메지에게 토리고에가 찬물을 끼얹었다.

토리고에는 평균에 가까운 점수를 내고 있고, 그보다 못 미칠 가능성이 있는 건 압도적으로 나와 히메지다.

특히 히메지는 무대 연습 때문에 학교에 지각하거나 조퇴도 번번이 했으니 나보다 더 위험할 것이다.

"히메지, 미이에게 도움을 요청할래?"

"껄끄러운 타입이긴 하지만, 이렇게 된 이상 어쩔 수 없겠죠."

시노하라……, 그렇게 히메지가 최애라는데 껄끄러운 타입이라는 말을 듣고 있네.

"료 군은 나하고 열심히 해야지."

후후후, 하고 미소를 지으며 말하고 있지만, 눈이 진심이었다.

"학급 임원을 맡고 있는 동안에는 낙제당하지 않게 할 거니까."

진심 그 자체인 말을 들으니 예전에 후시미가 가정교사를 해줬을 때가 생각났다.

말을 하면 바로 실행하는 그 행동력은 후시미의 장점이지만, 가끔 힘조절을 하지 못할 때가 있다. 그게 내게 공부를 가르칠 때다.

또 그 나날이 시작되는 건가……. 보통은 여자친구와 단둘이 좋은 분위기를 낼 만도 한데, 이상하네. 눈물이…….

"시험을 마치고 수고했다는 느낌으로 크리스마스 파티를 하면 되지 않을까?"

"시즈카 양의 의견에 찬성이에요. 25일이면 겨울 방학일 테니까요."

이번에도 낙제 점수를 받은 학생은 겨울 방학 보충 수업을 듣게 된다.

……히메지는 분명히 낙제할 테니까, 25일에 파티를 하지 못하게끔 꿍꿍이를 꾸미고 있구나?

"히메지, 너는 정말 자존심이 강하구나."

25일에 파티를 할 예정이면 보충 수업을 들으러 가야 하니 갈 수 없게 된다. 그렇게 되면 파티에 가지 못하게 되는 것뿐만이 아니라 다른 사람들에게 낙제했다는 사실을 들키게 된다.

"무슨 말씀을 하시는 건지, 전혀 모르겠네요."

히메지가 고개를 홱 돌렸다.

토리고에도 그 꿍꿍이를 눈치챈 모양인지 나와 눈이 마주치자 쓴웃음을 지었다.

그렇게 시험 기간. 후시미는 크리스마스 파티에 대한 이야기 겸, 방과 후에 공부를 가르쳐주었다.

"나도 내 공부를 할 테니까, 문제를 풀면 말해줘?"

나는 원래 이러쿵저러쿵해도 공부를 제대로 안 하지 않을까, 라고 후시미를 과소평가하고 있었다. 연인들끼리 옆에 앉아 있으면 알콩달콩하지 않을까 해서.

하지만 전혀 그렇지 않았다. 엄청나게 성실한 후시미를 얕보고 있었다.

"사무소 그거, 어떻게 되었어?"

문제를 풀면서 신경 쓰이던 것에 대해 물었다.

만나기로 했다는 이야기를 듣고 벌써 며칠이 지났다.

"나중에."

공부 중인 후시미는 가드가 너무 단단하다. 진짜로 공부 말고 다른 화제는 전혀 받아주질 않는다.

시험까지 1주 정도 남았다.

내가 보기에는 아직 여유가 있는 것 같은데, 후시미는 그렇지 않은 것 같았다.

시계와 내가 푼 문제를 번갈아가며 보면서 씁쓸한 표정을 짓고 있다.

"으음……. 이 페이스라면 힘들지도 모르겠어."

"시간은 아직 많이 있잖아."

"료 군, 지금 시험 범위 중에 10퍼센트 정도밖에 못했거든?"

내가 보기에는 그만큼 한 것도 잘한 거다.

낙제를 피하려면 30점 이상이 필요하니 이제 20퍼센트만 채우면 되는 거지. 좋아, 좋아.

"80점 정도는 맞을 수 있게끔 해야지."

스윽, 내 눈에서 빛이 사라졌다.

이제 절망밖에 없다.

공부 약자의 전투 방식으로 따지면 내 방식으로도 충분히 성과를 낼 수 있는데.

후시미가 그걸 용납하지 않으니 한숨만 나온다.

"사무소 말인데, 부탁하기로 했어."

집에 가는 전철 안에서 후시미가 그제야 내 질문에 대답해 주었다.

"그렇구나. 방향성이라거나 그런 건 괜찮아?"

"그렇게 따지면 좀 그렇긴 한데, 처음부터 아이처럼 규모가 큰 일은 못하는 게 당연한 것 같아. 그렇긴 하겠지. 연기 쪽 일도 찾아주는 모양이고, 제안해주는 일 중에서 내가 할 수 있는 게 있다면 해나가고 싶다고 생각하고 있어."

히메지 같은 경우, 아이돌로서 활동하던 기간이 있었기에 그런 무대에 설 수 있었다.

오디션에서 아쉽게 떨어졌다고는 해도 아무런 활동 경험도 없는 후시미가 전격 발탁되는 게 더 드문 경우일 것이다.

반대로 말하자면, 무소속이고 활동 경력이 전혀 없는 여자애가 최종 심사까지 남았다는 게 대단하다.

역시 후시미는 그럴 만한 잠재능력과 외모를 지니고 있다.

"내가 긍정적으로 생각하고 있었으니까, 모리 씨가 미리 할 수 있을 만한 일을 알아봐 줬거든."

"오, 대단하네~."

스카우트하려고 말을 걸었던 모리 씨가 매니저를 맡는 모양이었다. 곧바로 일을 따다 주다니, 꽤 유능하잖아.

모리 씨는 후시미 전속 매니저가 아니라 여러 명 있는 담당 중 한 명이라고 한다.

"무료 정보지에 게재할 미용실 컷 모델을 하게 되었어."

"아, 상상이 되네."

히메지에게 그 이야기를 하면 대놓고 놀릴 것 같다.

"바로 일요일에 촬영해."

"첫 일이네."

"응. 긴장된다~."

컷 모델이니 머리카락을 자르나 싶었는데 가발을 괜찮은 느낌으로 쓰는 것뿐이고 자기 머리카락은 자르지 않는 것 같았다.

일이 있다면 일요일에는 공부를 하지 않아도 되겠구나.

마음속으로 안심하고 있자니 후시미가 못을 박았다.

"일요일은 내가 없으니까 토요일에 열심히 하자."

"그런 식으로 균형을 맞추는 거야?"

"나는 일이 있으니까 어쩔 수 없지만, 일요일에는 료 군이 혼자서 공부해야 해."

"좀 봐주라. 나는 언제 쉬는데."

"시험이 끝난 뒤에."

후시미가 너무 스파르타다. 무슨 소릴 하는 거야? 라는 표정을 짓지 말라고.

……그리고, 토요일이 되자 후시미가 아침부터 우리 집에 왔다.

"료 군, 좋은 아침이야~."

내 방으로 와서 침대에 누워있던 나를 깨우려고 흔들거나, 이불을 들추면서 이런저런 방법을 통해 나를 일어나게 만들려고 했다.

"야……. 지금이 몇 시인지 알아?"

휴대폰으로 확인해보니 아직 아침 8시였다.

"학교에 갈 때랑 거의 같은 시간이잖아……."

"30분이나 늦은 시간인데?"

그 정도는 오차라고.

공부를 할 거라는 얘긴 했지만, 학교 수업 같은 느낌으로 할 셈이었던 모양이다.

……어? 그렇다면 대여섯 시간 동안이나 공부를 해야 한다는 건가?

"믿기질 않네……."

내가 이불을 뒤집어 쓰려 하자 후시미가 먼저 빼앗아서 가로막았다.

"마나가 밥을 차려주고 있으니까 먹고 와. 그러고 나서 공부하자."

"최근 며칠 동안, 공부, 공부, 그 말만 들어서 공부가 게슈탈트 붕괴를 일으켰다고."

공부라는 게 뭐였지? 그런 상태다.

재촉하는 후시미가 등을 떠밀었기에 나는 방을 나섰다.

이제야 소꿉친구가 아침에 깨워주는 이벤트가 발생했지만, 전혀 기쁘지 않다.

다이닝 룸에 고개를 내밀어보니 마나가 아침 식사 준비를 하고 있었다.

"히나가 일찍 왔네."

"나한테 공부를 시키려는 모양이야."

"아⋯⋯."

마나도 조금 졸려 하는 걸 보니 아마 후시미가 온 뒤에 깨어난 모양이었다.

"오늘은 더 추워진다는데, 뜨거우셔라."

준비를 마친 마나가 후루룩, 된장국을 마셨다.

"나도 외출하니까 잘 되었지만 말이지."

"오늘 눈 온다는데."

TV를 켰더니 일기예보가 나오고 있었다. 예보의 마크는 눈사람이었다.

"완전 뜨겁게 달아오르네."

그게 무슨 소리야. 춥기만 한데.

"오빠야는 공부. 나는 친구하고 노래방에서 조금 이른 크리스마스 파티."

"노래방? 아침부터?"

"오전 프리 타임부터 갈 거야. 그때까지는 카페에 있을 거고."

"아, 그래."

요즘 중학생들은 돈이 많구나.

시험이 끝나면 선물을 사러 가야겠는데.

아직 잠이 덜 깬 머리로 멍하니 TV를 보면서 아침 식사를 했다. 금방 다 먹은 마나가 식기를 싱크대로 가져다 둔 다음, 다이닝 룸에서 나갔다.

"벌써 오네!"

마나의 목소리가 들렸다.

"오빠야! 이리 와봐!"

마나가 손짓하며 나를 불렀지만, 여기에서도 창밖은 보인다. 눈이 하늘하늘 내리고 있었다.

"여기서도 보여. 눈 말이지?"

나도 다이닝 룸에서 나와서 방으로 돌아갔다.

난방을 켜고, 접이식 테이블을 바닥에 펼친 다음, 문제집과 교과서를 펼쳤다.

"어제 하던 곳부터 해볼까?"

"네에~."

공부를 시작하기 전에 도망치지 않은 나를 칭찬해줬으면 좋겠다.

말을 하면 곧바로 행동에 옮기는 후시미는 한 시간 정도 지나면 잠깐 쉬었다가 다시 한 시간 정도 공부를 하고 나서 쉬는 걸 반복하게 만들었다.

"수험생이냐……."

쉬는 시간이 되자, 축 늘어진 나는 침대에 누웠다.

"수험생의 습관을 들이는 거라고 생각하면 되지."

후시미가 멋진 미소를 지었다. 너무나도 긍정적이다.

휴대폰에는 마나가 보낸 메시지가 와 있었다.

내용을 요약하자면, 점심밥은 있는 걸 데워서 먹으라는 거였다. 그리고 다녀오겠습니다라고 적혀 있었다.

와서 말해도 되는데.

공부하고 있으니까 방해하지 말자고 배려해준 건지도 모르겠다.

저번처럼 알콩달콩 지낼지도 모른다고 아주 잠깐 생각해봤지만, 그러진 않을 것 같았다.

점심 식사를 간단하게 마치고 다시 공부. 쉬다가 다시 공부.

"내가 대체 뭘 하고 있는 거지……"

공부를 너무 많이 해서 어떻게 되어버릴 것 같았다.

"공부야, 료 군."

"그렇구나……, 이런 고문이 따로 있는 줄 알았지."

"하하. 그럴 리가 없잖아."

후시미는 내가 농담을 한 줄 알고 웃고 있지만 나는 진심이다.

낮이 지나 저녁이 되어갈 때쯤. 밖은 이미 어두웠고, 흐린 유리창 너머로 보이는 먹구름에서 눈이 떨어지고 있었다.

드르륵, 창문을 열어보니 아침부터 계속 내린 눈이 쌓여 있었다.

"눈이 쌓인 건 오랜만이네."

"와. 정말이네~?!"

내 옆에서 고개를 내민 후시미의 입에서 하얀 숨결이 나왔다. 어린애처럼 제자리에서 폴짝폴짝 뛰고 있었다.

『오늘, 올나이트할 거야.』

마나가 그런 메시지를 보냈다.

"……저녁밥은 배달시켜 먹을까."

저녁 식사 전에 그런 메시지를 보내는 건 오늘은 아무런 준비도 하지 않았으니 알아서 먹으라는 의미도 담겨져 있다.

"마나는 안 와?"

"응. 그 갸루는 파티 중이야. 올나이트할 예정인 모양인데."

"불량 소녀구나."

올나이트만으로도 불량 소녀라고 하는 건 좀 그렇지만, 후시미 기준으로는 그런 모양이었다.

"우리도 파티할까?"

"피자 먹자."

"좋아."

하루 종일 내 방에서 후시미와 함께 지내고 있자니 세계에 이 공간만 존재하는 게 아닐까 하는 착각이 들었다.

인터넷을 보면서 어떤 피자를 주문할지 둘이서 의논하다가 후시미가 방금 생각났다는 듯이 말했다.

"료 군, 아주머니는?"

"좀 전에 어머니에게 연락이 왔어. 눈 때문에 못 움직이니까 직장에서 자고 온대."

"……그렇구나."

……이제 공부 이야기를 하지 않는 걸 보니 아무래도 오늘은 이제 끝난 것 같다.

안심하고 피자를 고른 다음, 주문했다.

"혼자서 배달 주문을 하다니 어른이구나, 료 군."

"그런가?"

자주 시켜먹는 건 아니지만, 이럴 때 정도는 괜찮지 않을까.

주문한 피자가 도착하자 방에서 둘이 먹을 분량을 나눴다. 이렇게 눈이 많이 오는 와중에 시켜서 미안하다는 생각이 들었다.

"아, 맞다. 나도 돈을 내야지."

"됐어. 공부를 가르쳐주고 있으니까 그 아르바이트 급료라고 생각해."

내 지갑에는 아직 여유가 있고, 이렇게라도 말하지 않으면 후시미가 돈을 내려 할 테니까.

"어~? 그래도."

이 이야기를 계속 하다가는 오기로라도 자기 몫의 돈을 내려 할 것 같았기에 나는 곧바로 화제를 돌렸다.

"내일 첫 일을 하러 간다고 했지?"

"응. 학교 갈 때랑 똑같은 시간에 나가야 해."

꽤 일찍 가네.

후시미는 자기 사무소와 일 이야기를 했고, 내 아르바이트에 대해서도 이야기를 듣고 싶어 했다. 그렇게 잡담을 하다 보니 피자를 눈 깜짝할 새에 다 먹었고, 어느새 밤 늦은 시간이 되었다.

밖은 눈으로 덮여 있긴 하지만, 다행히 후시미네 집은 걸어서 5분 정도밖에 걸리지 않는 거리에 있다.

"바래다줄게."

"응."

나는 후시미의 코트를 건넨 다음, 가지고 있는 겉옷 중에서 제일 따뜻해 보이는 다운 재킷을 걸쳤다.

장화를 꺼내는 게 귀찮았기에 운동화를 신고 후시미와 손을 잡은 채 집을 한 발짝 나섰다.

불어오는 차가운 바람 때문에 목을 움츠리다가, 오랜만에 눈이 쌓인 풍경을 바라보자 무심코 목소리가 나왔다.

"새하얗네."

"대단해~! 눈이야!"

"아니, 그건 안에서 봤잖아."

나는 쓴웃음을 지으며 들뜬 후시미를 나무랐다. 하지만 아무도 없었다면 나도 똑같은 반응을 보였을지도 모르겠다.

땅바닥을 밟자 뽀드득, 기분 좋은 소리가 울렸다.

"손을 잡고 있으니 의외로 춥지 않네."

"그러게."

좀 전까지 따뜻한 곳에 있었기 때문이다. 하지만 10분 뒤에도 똑같은 말을 할 수 있을지는 모르겠다.

"내 호칭, 정했어?"

머릿속 한구석으로 계속 생각하던 것들 중 하나였다.

이것저것 시뮬레이션을 돌리다가 심플한 결론에 도달했다.

"후시미하고 히나삐 말고 다른 거다?"

"나도 알아. ……히나라고 부르면 될까?"

"좋아."

허락을 받은 개가 된 기분이었다.

근처 공원에 잠깐 들르자 후시미가 앉아서 발치의 눈으로 뭔가 하고 있었다.

……저 움직임은…….

"먹어라!"

내 예상대로 눈을 뭉친 후시미가 그걸 던졌다.

"위험하잖아?!"

"아하하하하."

겨우 피한 다음, 반격하려고 눈을 뭉쳤지만 후시미가 한발 더 빨랐다.

"에잇!"

"푸헷?!"

좀 전보다 더 큰 눈뭉치가 머리에 맞았다.

"차가워―――!"

"아하하."

몸을 웅크리고 있던 나를 맞추는 건 매우 간단했던 모양이다. 후시미가 배를 부여잡고 깔깔 웃고 있다.

"이봐. 오늘 공부한 게 빠져나가버리면 어쩌려고 그래?"

"그야 간단하지, 료 군. 다시 공부하면 되는 거야."

"그 우직한 정공법은 언제쯤 그만 쓸 건데?"

사고회로가 단순무식하네. 하는 건 공부지만.

으랏, 나는 그렇게 외치며 후시미에게 눈뭉치를 던졌다.

타악, 그녀가 맞기 직전에 쳐냈다.

"방금 그거 너무 멋있는데."

"불러줘, 료 군."

얍, 그녀가 그렇게 말하며 캐치볼을 하듯이 눈뭉치를 던졌기에 잡아서 다시 던져주었다.

"히나."

"네. 한 번 더 불러줄래?"

화악, 하얀 숨결이 흘러나왔다가 사라졌다.

우리의 목소리가 조용한 주택가에 울리고 있었다.

"히나."

"후후후. 네."

사박사박 다가온 히나가 나를 끌어안았다.

"료 군……, 여기까지 와서 이런 말을 하긴 좀 그런데, 집에 가고 싶지 않아."

히나의 머리카락에 묻은 눈을 털어내고, 키스로 대답했다.

히나에게서 한숨 같은 미소가 새어 나왔고, 우리는 눈에 닿아서 싸늘해진 손을 다시 잡았다.

들떠서 걸어온 길을 이번에는 말없이 돌아가 아무도 없는 집으로 돌아왔다.

손을 잡은 채 방으로 들어오자 아직 남아 있던 난방의 온기 덕분에 안심했다.

히나가 손을 뒤로 돌려서 문을 천천히 닫았다. 그리고, 불을 키려던 내 손을 잡으면서 가로막았다.

방은 원래 어두워야 했겠지만, 눈이 가로등을 반사해서 달빛과는 다른 빛을 비추고 있었다. 뭔가 말하고 싶어하는 히나의 허리를 끌어안고 밀착한 다음, 히나의 겉옷을 한 손으로 벗겨나갔다.

쪼옥, 입술이 소리를 냈다. 투욱, 코트가 발치에 떨어졌다. 나도 유난히 몸에 스치던 내 겉옷을 벗었다. 맞닿은 볼이 체온 이상의 열기를 품고 있는 것처럼 느껴졌다.

좀 전까지 그렇게 추운 곳에 있었는데.

촉촉해진 히나의 눈동자가 어둠 속에서 또렷하게 보였다. 끈적이는 듯한 표정이 나를 한층 더 애태우게 했다.

이성이 눈 깜짝할 새에 날아가버렸다.

히나가 벌린 입에, 혀를 넣었다.

"음……."

히나도 받아주었다.

뭐가 잘하는 거고 뭐가 서투른 건지 알지 못하는 우리의 어색한 어른의 키스였다.

머리가 멍해졌다.

다른 감각은 마비돼서, 입술과 혀의 감촉만이 모든 감각이라고 해도 될 정도였다.

끌어안고 있던 손으로 목덜미를 어루만지며 가슴 쪽으로 옮겼다. 히나는 한순간 움찔거렸지만, 금방 각오를 다진 듯이 저항하지 않게 되었다. 옷을 살며시 벗기자 그제야 가슴을 가렸다.

"……너무 보지 마."

"어두우니까 그렇게까지 잘 보이진 않아."

"보이잖아."

"응."

"어차피 작으니까……."

"귀여워."

"정말, 바보."

천천히 만지자, 히나의 몸이 움찔거리며 굳었다.

거칠어진 숨결이 귀에 닿았다.

서 있을 수 없게 된 건지, 히나가 침대에 앉은 다음 내 손을 잡아당겼다.

천천히 히나 몸 위에 내 몸을 겹치자 어두운 와중에도 알아볼 수 있을 정도로 얼굴을 빨갛게 물들이고 있었다.

예전에도 이런 적이 있었던 것 같다.

어쩌면 히나는 그때부터 각오를 다지고 있었던 걸까.

팔을 둘러 내 목을 끌어안은 히나와 다시 입술을 맞댔다.

고양이 울음소리 같은 목소리 때문에 잠에서 깨어났다.

"크크크, 큰일이야!"

방금 들은 고양이 같은 목소리는 히나의 것이었던 모양이다. 눈을 떠보니 하얗고 예쁜 뒷모습이 눈에 들어왔다.

"큰일이라니, 뭐가⋯⋯?"

머리가 전혀 돌아가지 않던 나는 속옷을 찾으며 급하게 돌아다니는 히나를 바라보았다.

"아앗~?! 지금은 밝으니까 보지 마!"

"어제 봤———."

휘익, 티슈 상자가 날아왔다.

수건을 몸에 걸친 채 겨우 찾아낸 속옷을 내가 보지 못하게끔 입은 히나. 어제 꼼꼼하게 개어두었던 것도 잊어버린 듯 옷을 다시 난잡하게 펼쳐두더니 입기 시작했다.

"왜 그렇게 서두르는데⋯⋯."

"일! 지각할 것 같아!"

첫 일.

나도 오늘이 그날이라는 게 생각났다.

"지, 지각?! 큰일이잖아!"

"그래서 아까부터 그렇게 말했잖아! 아~, 어쩌지. 아버지도 안 계시고, 역까지 뛰어가야———."

급하게 옷을 챙겨입은 히나는 가방을 들고 방에서 나가려다가 뭔가 눈치채고는 돌아왔다.

"아, 깜빡한 거! 료 군, 다녀올게요."

쪽, 내게 키스를 했다.

"———그런 짓을 하고 있을 때야?"

나도 정신을 차렸다.

현관에서 신발을 신으려 하고 있던 히나에게 '잠깐만 기다려!' 라고 말한 다음, 서둘러 계단을 내려가서 자전거 열쇠를 잡았다.

"자전거로 역까지 태워다 줄게."

"그래도 눈이 왔는데?"

"굳은 곳을 밟고 가면 괜찮아."

속도를 매우 빠르게 낼 수는 없지만, 눈길을 달려가는 것보다는 나을 것이다.

자전거를 현관 앞으로 옮긴 다음 안장에 앉았다.

"히나, 얼른!"

"료 군, 둘이서 타는 건———."

"급할 때는 괜찮아!"

그런 법칙은 존재하지 않지만, 히나도 한순간 망설이다가 뒤에 탔다.

다행히 눈은 거의 다 녹았고, 자동차 바퀴 자국에는 원래 도로

가 드러나 있었다.

자동차도 지금은 다니지 않는다. 여기를 타고 가면 미끄러지지
도 않을 것이다.

페달에 몸무게를 있는 힘껏 싣고, 끝까지 밟았다.

속도를 서서히 높이자 히나가 내 허리에 달라붙었다.

"경찰 아저씨, 죄송해요, 죄송해요, 이번에만 이럴 거니까, 죄
송해요———."

나는 어딘가에 있을 경찰 아저씨에게 사과하는 히나를 내버려
두고 다시 속도를 높였다.

"첫 일인데 남자 집에서 출근이네."

객관적인 사실만 말해보니 매우 방탕한 생활을 하는 사람 같
았다.

"마나보다 불량스러워."

"으으……, 그, 그래도……, 나도……, 료 군하고 '사이좋은 거'
하고 싶었으니까."

얼굴이 안 보이는 게 아쉬워서 견딜 수가 없다.

'사이좋은 거'라는 돌려말하기가 무슨 뜻인지는 알고 있다.

"하고 싶었구나."

"계속 말하게 하지 마!"

뒤에서 히나가 나를 찰싹찰싹 대렸다.

"알았어, 알았다고. 놀려서 미안해."

말을 해서 그런지 어느새 숨이 차기 시작했다. 지금 눈치챈 건
데, 나는 여전히 잠옷 차림이다.

역 로터리까지 자전거를 타고 달려온 다음, 히나가 뛰어내렸다.

"료 군, 고마워! 늦지 않을 것 같아!"

"열심히 해."

"응!"

히나는 손을 살랑살랑 흔들고는 역 건물 안으로 사라졌다.

그녀가 탈 예정으로 보이는 전철이 승강장으로 들어왔다. 저 정도면 아슬아슬하게 탈 수 있을 것 같다.

휴우, 안도의 한숨을 쉬고 돌아가려고 하자 낯익은 갸루가 역 건물 안에서 나타났다.

"아~! 오빠야잖아! 나를 데리러 온 거야~?"

밤을 꼬박 새고도 피로를 모르는 여동생이 이봐~ 하며 내게 손을 흔들고 있었다.

후시미와 마주치지는 않았던 모양이다.

데리러 온 걸로 하자.

"뭐, 그렇지."

"빵 터지네. 머리도 떴고, 잠옷 차림이고! 오빠야, 나를 너무 사랑하는 거 아니야?"

잠도 안 자서인지 밤에 신이 났던 기세가 그대로 유지되는 느낌이었다.

"내가 몇 시 차 타고 오는지 용케도 알았네. 기다렸어?"

"아니, 뭐, 그런 게 아니라⋯⋯, 응."

사실은 그게 아니지만, 애매하게 말꼬리를 흐리자 마나에게는 쑥스러워서 얼버무린 걸로 보인 모양이었다.

"자다가 일어나서 추운 와중에 나를 기다리다니, 너무 귀엽잖아, 오빠야."

마나가 나를 마구 쓰다듬었다.

충견처럼 대하지 말라고.

마나는 아무런 거리낌도 없이 '영차' 하며 짐받이에 앉았다.

보통은 이렇지.

히나는 사과했지만.

"집에 가자."

"네에~. 고~, 고~, 오빠야, 고~, 고~!"

내가 마중 나온 데다 추운 와중에 기다렸다는 게 정말 기뻤는지, 마나는 더욱 신이 난 모습을 보였다.

④ 크리스마스 파티

점심시간.

예전에 그랬듯이 나와 토리고에는 단둘이 물리실에서 시간을 보내고 있었다. 들어왔을 때는 쌀쌀했던 실내도 난방이 서서히 돌기 시작하자 지내기 편해졌다.

"결국, 크리스마스 파티는 바다에 갔던 멤버들끼리 하는구나."

토리고에가 젓가락을 입에 문 채 그렇게 말했다.

실내가 추웠던 흔적으로 토리고에가 아직 담요를 등에 걸친 채 머플러를 두르고 있었다.

"사람이 너무 많은 것도 좀 그렇잖아. 나하고 후시미, 토리고에, 히메지, 시노하라. 그리고 데구치하고 마나. 대충 그렇게 사이좋게 지내는 멤버들끼리 모이게 된 거지."

"응. 적절하네. 재미있을 것 같아."

'바다'라는 제목이 달린 단체 채팅방이 오랜만에 가동되고 있다.

채팅으로 회의를 한 결과 음식 반입이 가능한 노래방에서 파티를 하게 되었고, 데구치가 예약을 해주었다.

"기말 고사에서 낙제하지 않고 보충 학습을 피하는 게 우선이지만 말이지."

내가 쓴웃음을 지으며 그렇게 말하자 토리고에도 질색하고 있었다.

"모처럼 잊고 있었는데, 이번에는 전체적으로 어려운 모양이야."

"나는 공부하고 있거든?"

"했다는 것만으로 잘난 척하지 말라고."

토리고에가 쿡쿡 웃었다.

"나는 지금, 사상 최고로 열심히 공부하고 있거든."

"몇 번이나 말하는 거야."

히나가 스파르타식으로 공부를 봐주고 있기 때문에 나도 나 자신의 실력이 좋아지고 있다는 걸 알 수 있었다.

"히이나는 타카모리 군이랑 함께 지내지 않아도 괜찮은 거야?"

토리고에는 나 혼자 왔다는 게 신기해서 견딜 수 없는 모양이었다.

"친구들끼리 지내는 것도 중요하다고 하면서 오늘은 다른 애들이랑 있는다는데."

"모범생이구나."

비꼬는 것 같기도 했고, 칭찬하는 것 같기도 했다.

"원래 그런 성격이라 그렇겠지."

"남자친구가 생긴 뒤에도 친구들을 소중히 여기는 히이나는 여자애들 사이에서 평가가 급상승했어."

"다들 알아?"

"이제 와서 무슨 소릴 하는 거야. 히메지 무대를 본 다음에 둘이서 빠져나간 게 우리 말고도 다 알려졌으니까. 아무리 생각해도 사귄다고 하는 게 자연스럽지."

토리고에는 하고 싶은 말을 마쳤다는 듯이 자그마한 입을 우물

거렸다.

히나와 사귄다는 걸 데구치에게 말한 시점에서 어느 정도 퍼지는 건 어쩔 수 없을 거라 생각했지만, 이렇게까지 빠르게 퍼져나간 건 이상하다.

그만큼 남자애들과 여자애들이 히나를 신경 쓰고 있다는 뜻일 것이다.

"상대가 나라는 걸 알고 다들 반응이 어땠어……?"

토리고에는 예전에 우리 반 단체 채팅방에 들어가 있다고 말했었다. 그런 걸 꺼려하는 타입이긴 하지만, 정보 수집은 확실하게 해두고 있는 것 같았다.

"착지해야 할 곳에 착지했다는 느낌이려나."

나는 가슴을 쓸어내렸다.

"다행이네. 안 어울린다고 할 줄 알았는데."

"그렇지 않아."

부정이 빨랐다.

"어? 그래?"

어울리지 않잖아, 아무리 생각해도.

남녀 모두에게 화제의 중심이 되곤 하며 학교에서 유명한 미소녀.

연극에서도 대역을 멋지게 연기해냈기에 팬이 더 늘어나지 않을까 싶은데.

"명실공히 반의 리더인 데다 찍은 영화가 어찌 됐든 상을 받고 표창까지 받았잖아. 이상하진 않을 것 같은데."

토리고에……! 나를 그렇게 봐주고 있었구나.

나는 왠지 토리고에가 히나를 선택한 걸 원망하고 있지 않을까 하고 생각했다. 소중한 친구를 한 명 잃었다고 생각했다.

"그렇다면, 뭐, 다행이고."

"하지만, 호의적인 반응 말고도 있긴 해. 타카모리 군은 결국 얼굴만 보고 골랐다고."

"……"

창문 밖으로 얼굴을 내민 토리고에와 그날 어두워진 경치가 떠올랐다.

———결국 얼굴이잖아.

"아, 방금 그건 내 의견이 아니라 미이의 의견이야."

"시노하라였냐."

아니, 시노하라도 똑같은 의견을 내놓았다고?

"그런 게 아니라고 해봤자 이미 소용이 없겠지."

"글쎄."

시치미를 뗀 토리고에가 물통 안에 담겨져 있던 것을 컵에 따르자 김이 모락모락 피어올랐다. 직접 마시는 물통이지만, 컵에 따른 이유를 알 수 있었다.

그걸 마시려던 토리고에가 '앗 뜨거'라면서 혀를 내밀고는 컵을 내려놓았기 때문이다.

"이제 그렇게 말해도 상관없어. 납득해 주기만 한다면 말이야."

"나한텐 불평할 권리 정도는 있다고 생각해."

"그냥 마음대로 해."

"하하하."

토리고에가 깔깔 웃었다.

이제 이렇게 이야기를 나눌 수 없게 될 거라고 생각하고 있었기에 어느 정도의 심술은 얼마든지 참을 수 있었다.

그런 다음에는 근황 이야기를 나누었다.

히나가 첫 일을 하러 간 이야기나, 크리스마스 다음에 있을 연말연시 일정 이야기. 토리고에가 쓰고 있는 소설 이야기. 의외로 이야기할 것들이 많아서 놀랐다.

문이 드르륵 열리고 히나가 혼자 들어왔다.

"따뜻하네~."

"어서 와, 히이나."

"그래도 수업 때 말고는 난방을 켜면 안 되거든?"

곧바로 반장 기질을 발휘한 히나가 나와 토리고에를 나무랐다.

"원래 켜져 있었어. 아마 4교시가 끝난 뒤에 선생님이 끄는 걸 잊어버린 거 아닐까?"

토리고에가 적당히 거짓말을 하자 히나가 '그렇다면, 뭐'라면서 납득했다.

속여넘기는 솜씨가 뛰어난데.

"시이하고 료 군, 여전히 사이가 좋네."

히나는 방긋방긋 웃고 있긴 했지만, 말투에 딱딱한 느낌이 섞여 있었다. 스르륵, 등뒤로 까만 오라가 새어 나오는 것이 보였다.

"그, 그런가? 그렇진, 않은 것 같은데……?"

나는 둘러대려 했지만, 토리고에가 또 심술기를 발동시켰다.

"예전부터 이랬잖아. 딱히 달라진 건 없는 느낌인데. ……애초에 우리 사이에 끼어든 건 히이나였고."

"어? 뭐라고?"

"아무것도 아니야."

토리고에가 한 방 먹여줬다는 듯한 표정을 지으며 고개를 돌렸다.

"히나를 너무 놀리지 마. 내성이 없으니까."

"이름으로 부르게 됐네?"

토리고에가 놀란 듯이 눈을 깜빡였다.

"저번부터 말이지, 이런저런 일들이 있어서."

이번에는 히나가 뽐내는 듯이 말했다.

"그럼 타카모리 군도 나를 시즈카라고 불러도 돼."

"안 불러."

"아쉽네."

농담이었는지, 토리고에가 어깨를 으쓱인 다음 다시 입을 열었다.

"이런저런 일이라니, 뭐가 있었는데?"

"어?"

히나가 움찔거리며 굳었다.

"타카모리 군, 꽤 고집을 부렸잖아. 애칭으로 부른 적은 있었어도 이름만 부른 적은 없었으니까."

잘 아네, 토리고에. 나는 주로 성으로만 부른다. 이름만 부르는 경우는 거의 없다.

"아무것도 아니야, 아무것도."

히나가 고개를 마구 저었다.

척 보기에도 무슨 일이 있었던 것처럼 둘러대지 말라고. 어째서 이럴 때는 연기가 서투른 건데.

지금 소리 내어 그런 태클을 걸면 감이 좋은 토리고에가 눈치채버릴 것 같았기에 자중했다.

"수상하네~."

"사이좋은 거는, 아직 안 했으니까."

"히나, 그런 식으로 말하면———."

들키잖아.

수수께끼 같은 표현인 '사이좋은 거'. 여자애들은 그런 은어를 쓰나?

말이 없어진 토리고에가 볼을 붉게 물들이고는 나와 히나를 번갈아가며 보았다.

"어, 어어……?"

다시 우리를 보고는 기어코 입을 다물어버렸다.

야, 들켰잖아!

저 반응, 분명 나와 히나가 이런저런 것들을 하는 모습을 상상한 거라고.

"슬슬 수업이 시작될 시간이니까 교실로 돌아가야지."

시계를 본 히나가 그렇게 재촉하자 나와 토리고에가 자리에서 일어섰다.

어흠, 토리고에가 헛기침을 했다.

"타, 타카모리 군. ……제대로 껴야 해?"

그렇게 말하는 것도 부끄러웠는지, 토리고에는 눈이 마주치자 얼굴이 더욱 빨개졌다.

완전히 들켰다. 히나가 쓸데없는 소리를 하니까.

섹스 같은 소리를 간단히 할 수 있는 토리고에도 실제 경험을 치른 사람들 앞에서는 부끄러운 모양이었다.

"그, 그래."

물론 제대로 하고 있다.

"시이, 료 군, 얼른."

물리실에서 수업을 받을 학생들이 하나둘씩 오고 있었다.

히나가 재촉하자 우리는 그제야 물리실에서 나갔다.

"……그런 스킨십은 시간이 좀 더 지난 뒤에 할 줄 알았어."

손이 빠르시네요, 라고 말하는 것 같아서 대답하기가 곤란했다.

"히이나는 학생으로서도 여자로서도 모범생이었다는 거구나."

듣고 보면 참 히나의 말과 행동을 잘 나타내는 말이다.

성실한 성격이지만, 나를 좋아해주고 있던 히나는 가끔 지나친 행동에 나섰다.

오랜만에 내 방에 왔을 때라거나, 골든위크 때 키스했을 때라거나, 수학여행 때 몰래 방으로 찾아왔을 때라거나.

내게 트라우마가 없었다면 무슨 짓을 당했을지 모를 행동이었다.

학생으로서도 여자로서도 모범생이라는 말은 정확한 표현이다. 성실하니까 그런 행동을 반성하거나 후회한 적도 있었다.

"히이나가 먼저 하자고 한 게 아니라, 저기……."

"돼, 됐어, 이제, 말하지 마."

찰싹, 팔을 얻어맞았다.

"토리고에가 깊게 파고들려고 하니까 그렇지. 흥미가 있나 싶어서."

"신경이 안 쓰이는 건 아니지만, 타카모리 군이 알아서 말해주니까."

"……."

히나가 감정이 전혀 없는 표정으로 우리를 보고 있었기에 곧바로 입을 다물었다.

"무섭네."

토리고에가 조용히 말했다.

나도 들키지 않게끔 고개를 끄덕였다.

◆토리고에 시즈카◆

방과 후가 되면 히메지와 함께 시험 공부를 하는 게 요즘 일과다.

히메지는 학교에서 가장 가까운 도서관으로 이동할 때도 주목을 받게 되었다. 가끔 무대의 TV 광고에도 나오고, 애초에 아이돌 활동을 했다고 소문이 나기도 했기에 주목도가 매우 올라간 상황이었다.

하급생 여자애가 '열심히 해주세요'라며 손을 흔들고 응원해주는 경우가 자주 있다. 그럴 때 히메지는 방긋 웃으며 대답해준다.

그런 일을 해서 그런지 내숭을 떠는 게 정말 능숙하다.

그리고 주위에 아무도 없을 때는 흐흥, 만족스러운 듯이 으스대는 표정을 짓는다.

"공연이 네 번 남았어요."

"호오."

자랑하는 듯이 바쁘다고 어필하는 히메지. 매번 그랬기에 이제 꽤 익숙해졌다. 내게 자랑해봤자 별로 부럽다는 생각은 들지 않으니까, 히이나에게 해야 할 텐데.

우리는 도서관의 자동문을 지나 다른 학교의 수험생들도 자습을 많이 하고 있는 학습 공간으로 왔다.

일부러 도서관까지 공부를 하러 온 이유는 미이가 합류하기 때문이다.

『히메 님께서 또 공부를? 내가 가르쳐주지 않으면 누가 가르쳐줄 건데……!』

나와 히메지가 공부 모임을 하고 있다는 이야기를 듣자 미이가 사명감으로 불타오르며 눈에 핏줄을 드러냈다. 일그러진 팬이라고 해야 하나, 모든 것을 벗어던진 모습이 조금 무서웠다.

"크리스마스 파티, 기대된다."

"네, 정말로요. 히나를 노래방 점수 내기로 때려눕혀줄 거예요."

시원스러운 미소를 보이는 히메지.

"그렇게 너무 정색하지 말고. 즐겁게 놀자."

우리는 다른 사람에게 방해가 되지 않게끔 목소리를 낮춰서 이야기를 나누었다.

"복수해주고 싶잖아요."

금방 감이 딱 왔다.

히메지는 입술을 꾹 다문 다음, 더 이상 아무런 말도 하지 않았다. 그 마음을 이해해줄 수 있는 건 아마 나뿐일 것이다.

준비하던 손을 멈추고 있던 히메지를 살며시 끌어안았다.

"뭐, 뭐죠?"

"상처를 서로 위로해주는 거야. 한동안 둘이서 이렇게 하자."

"그런 수준 낮은 짓은 안 해요……."

말로는 거부하려는 것 같았지만, 전혀 놔주질 않는 건 오히려 히메지 쪽이었다.

나는 왠지 그렇게 될 거라고 각오하고 있었다.

계속, 계속.

혹시나 기회가 있을지도 모른다고 머릿속 한구석으로 생각하면서도 끝을 맞이할 준비를 하고 있었다.

하지만, 히메지는 그렇지 않았던 모양이다.

자신감이 강하고 자존심이 센 히메지는 나와 정반대였고, 선택받지 못한다는 가능성은 알면서도 자신일 거라 확신했던 모양이었다.

히메지가 한 말을 빌리자면, 자신과 히이나는 우물 속의 개구리와 드넓은 바다를 알고 있는 범고래만큼 다르다나.

상당히 큰 충격을 받았을 텐데도 불구하고 첫 공연은 대성공을 거두었다.

나는 그런 프로 근성을 보고 감탄했다. 학교 축제 때 그런 일이 생겨서 풀죽었을 텐데도, 멋지다는 생각조차 들었다.

물론 만약 무대 쪽 일이 없었다면 계속 꾸물거리고 있었을지도 모른다.

자존심이 강한 히메지는 한번 꺾이면 연약하니까.

귀여운 사람.

나는 등을 툭툭 두드려 주었다.

"아. 미이가 왔네."

입구에서 친한 친구의 모습을 보자 히메지가 샤샥, 떨어졌다. 저렇게 열렬한 팬이 있을 때는 금방 원래 표정으로 돌아간다.

다가온 미이에게 손을 흔든 다음, 오늘도 그녀와 함께 공부를 하기 시작했다.

◆타카모리 료◆

"아, 히나는 늦게 오는구나?"

크리스마스 파티 당일.

마나는 오늘도 히나의 패션 체크를 할 생각이었는지, 우리 집에 오는 걸 기다리고 있었다.

"이야기를 들어보니까, 일 때문에 빠질 수가 없는 모양이야."

현관에 있던 전신 거울로 헤어스타일이나 옷 같은 걸 확인하고 있는 마나.

나는 이미 신발을 신은 채 기다리고 있는데, 그런 어필에도 마나는 아랑곳하지 않고 거울을 바라보는 중이었다.

"히나는 눈 깜짝할 새에 잘 나가게 됐네."

"그럴지도 모르지."

"남친인 오빠야도 자랑스럽겠네~."

"자랑스럽다기보단, 그렇게 되면 좋겠다고 생각하고 있었지."

"어른스러운 말을 하는데?"

오케이~, 마나가 자기 자신에게 그렇게 말하고는 내 어깨에 기댄 채 부츠를 신었다.

"잔뜩 만나고, 잔뜩 뽀뽀를 해두는 게 좋을 거야, 오빠야."

"어째서?"

현관을 나서자 히메지가 초인종을 누르려던 참이었다.

"그치? 아이."

"무슨 소린가요?"

"오늘 히나가 늦게 온대. 일 때문에."

"벌써 잘 나가는 척하는 건가요?"

흥, 히메지가 곧바로 코웃음쳤다.

사무소에 소속된 것과 첫 일로 컷 모델을 했다는 건 히나가 저번에 말해주었다. 히메지의 반응도 이런 느낌이었기에 평소처럼 투덜거리게 되었다는 건 굳이 말할 필요도 없을 것이다.

"이번에는 뭔데요? 또 무료 정보지의 컷 모델이에요?"

"그런 것까지는 잘 몰라."

내가 걸어가기 시작하자 여자애 두 명이 뒤에 나란히 섰다.

"역시 아이는 센스가 좋네, 사복."

"후후후. 그렇죠? 그렇죠?"

마구 으스대는 히메지가 옷에 대해 이것저것 이야기를 하기 시작했다.

나는 듣고 있어도 무슨 이야기인지 전혀 알 수가 없었지만, 마나는 이해하는 모양이었다.

"맞아, 그 브랜드, 귀엽단 말이지. 돈 많은 거 부럽다~."

그런 말을 하고 있다.

"그렇다는데요, 료."

"그래, 그래, 언젠가 나중에 말이지."

나는 히메지의 놀림을 대충 넘겼다.

사실, 히나의 선물을 사는 김에 마나의 선물도 샀다. 마음에 들어할지는 모르겠지만.

마나의 선물을 산 건 금전적으로 여유가 있었기 때문이다.

아르바이트 업무 내용 중에 동영상 편집이 추가되었고, 시급과는 별개로 한 건당 얼마씩 마츠다 씨가 더 얹어주고 있다.

정말 간단한 작업인데도 단가가 높아서 놀랐다.

마츠다 씨의 말로는 그것도 꽤 저렴한 편이라고 했다.

그 덕분에 지금은 지갑이 거의 비게 되더라도 타격은 거의 없다. 다음 달에는 이번 달에 받은 급료보다 두 배 이상이 계좌로 입금될 거라 생각하니 꽤 대담하게 지출할 수 있는 거다.

셋이서 전철을 타고 번화가에 있는 역까지 왔다.

모임 장소인 노래방에서 만나기로 했기에 그곳까지 걸어갔다.

"료, 마츠다 씨가 '취직해버리면 좋을 텐데에~'라고 하던데요."

오랫동안 알고 지내서 그런지, 히메지는 마츠다 씨를 잘 다룬다.

"그 이야기는 들었어. 그렇게 차근차근 포위하려는 작전이겠지. 좋은 기기를 주고, 흥미를 보이는 일을 주고, 일의 보람을 주고, 급료를 꽤 많이 주고……."

어라? 왠지 엄청나게 좋은 직장 같은데?

"엄청나게 화이트 기업이라 웃기는데."

마나가 깔깔대며 웃었다.

"저도, 불만이 없다면 거기에 취직해도 좋다고 생각하는데요."

"그렇게 말해주니 기쁘긴 한데, 일단은 진학할 생각이라서."

이 이야기는 마츠다 씨에게도 했다. 수험 공부에 집중할 수 있게끔 다음 여름방학 때 일단 그만두겠다고도 말해두었다.

이대로 늪에 푹 빠져서 탈출하지 못하게 될 것 같은 느낌이 들긴 한다. 사실은 저번 여름방학 때까지만 할 생각이었으니까.

"마츠다 씨는 타산적인 구석이 있는 어른이지만, 가치가 있는 사람을 알아보는 눈은 확실해요. 저도 그렇고, 료도 그런 사람들 중 한 명이라는 뜻이죠."

그런 식으로 높게 평가해주는 게 기쁘지 않을 리가 없다.

"뭐, 생각이 바뀌면 신세를 지도록 할게."

나를 그렇게 말하고 그 화제를 마무리했다.

노래방에 도착하자 히나를 제외하고 토리고에, 시노하라, 데구치가 모여 있었다.

"히이나는 늦게 오는구나?"

"히나는 저와 승부를 내는 게 겁이 나서 도망친 거예요."

"그럴 리가 없잖아."

"접수도 마쳤으니까 가자고~."

과자를 잔뜩 사 온 데구치가 앞장섰다. 시노하라는 병아리를 지키는 어미 닭처럼 소중하게 종이 봉투를 끌어안고 있었다.

저게 그 케이크구나.

네가 안고 있는 것보다는 냉장고에 넣어두는 게 더 안심이 될 텐데.

그렇게 생각하고 있자니 우리가 도착한 노래방 겸 파티 룸에 소형 냉장고가 있었다. 시노하라가 살며시 케이크를 안에 넣고는 숨을 돌렸다.

그럭저럭 넓은 실내에는 집에 있는 TV보다 더 큰 화면이 있었고, 그 위쪽에 조명이 여러 개 달려 있었다.

"타카양, 그건?"

나는 엄지손가락을 펴들었다. 살짝 손을 든 데구치가 짜악, 하이파이브를 했다.

데구치가 갈망하던 바다에 갔을 때 찍은 동영상을 오늘 틀기 위해 간단히 편집해 온 것이다. 데구치가 바라던 것처럼 야하게 편집한 건 아니고, 우리들끼리 즐겁게 보기 위한 여름의 추억 동영상이다.

"휴대폰에 케이블을 연결하면 화면으로 볼 수 있어."

데구치가 미리 준비해둔 케이블을 들어보였고, 우리는 조용히 서로 고개를 끄덕였다.

"오빠야, 뭐 마실 거야~?"

"내가 알아서 마실 테니까 그냥 놔둬."

"다른 사람들 앞이라고 폼 잡기는~."

친구들 앞에서 가족들이 나를 돌봐주는 게 부끄럽다거나 그런 건 아니라고.

마나는 이런 상황에서도 다른 사람들의 음료수에 대해 물어보고 있었다. 정말 싹싹한 녀석이라니까. 나도 도와주기로 하고 음료수 코너까지 마나와 함께 가서 주스를 가지고 왔다.

"아, 맞다. 미이. 라이터는?"

"괜찮아. 준비는 완벽해."

"두목님은 담배도 피우는구나?"

"안 피워! 그리고 두목님이라 부르지 말라고 몇 번을 말해야 하는 거야……!"

눈을 치켜뜬 시노하라에게 마나가 웃으며 사과하고 있었다.

"파티를 꽤 제대로 하려는 모양이네요."

"그러게."

제안한 건 히나였지만, 마무리는 데구치가 했었다.

"냉장고에 넣어둔 케이크, 왜 감추고 있는 걸까요?"

히메지가 고개를 갸웃거리고 있었다.

"그러게."

나는 맞장구를 쳐두었다.

크리스마스 케이크라면 딱히 숨길 필요는 없다.

하지만, 이야기를 미리 들었던 나는 그 제안을 곧바로 받아들였다.

당연히 나와 히나를 축복해주기 위한 게 아니다. 만약에 그런 거라면 심하게 토라져 버릴 것 같은 녀석이 여기 한 명 있으니까.

그리고, 케이크는 그 녀석을 위해 준비한 것이다.

"케이크는 신경 쓰지 않아도 되지 않을까?"

"저는 케이크 값을 내지 않았는데요. 여기서 돈이 제일 많은데."

사실일지도 모르겠지만, 굳이 말로 할 필요는 없다고.

히메지는 착각당하기 쉽다고 해야 하나, 손해보는 성격이란 말이지.

"음, 나중에 내면 되겠지."

노래방 요금과 과자만 사면 되던 것에서, 예산이 더 오버했다. 우리가 낸 금액과 데구치가 히메지에게 말한 금액은 차이가 꽤 있을 것이다.

"그렇긴 하네요."

히메지는 마음에 걸리는 게 있는 것 같았지만, 납득해 주었다.

모두가 소파에 앉아 각자 음료수를 들자 마이크를 든 데구치가 앞으로 나섰다.

"아~, 아~, 어흠. 여러분, 오늘은 제 성탄제에 모여주셔서."

"아니잖아~."

"데구~, 얼른 건배하자."

타카모리 남매가 야유 같은 태클을 날렸다.

"후야제의 상심을 치유하고, 친한 친구인 타카양이 행복을 손에 넣은 걸 보니, 12월의 바람은 제 몸에 너무 시려서……. 그러면 한 곡 들어주세요."

"가요 프로그램이냐고."

"이제 됐다니까? 데구~."

나와 마나가 신이 나서 야유를 보내는 와중에 토리고에가 조용히 말했다.

"대체 뭐야? 이 미니 콩트."

참을성 없는 히메지는 꿀꺽꿀꺽, 주스를 마시고 있다. 잔이 빈 것을 보고는 시노하라가 재빨리 다음 음료수로 뭘 마실지 물어보고 있었다.

"히메 님, 다음에도 오렌지 주스를 드실 건가요?"

"저는 차를 마실래요."

그러면 차를 가져다 드릴게요. 라며 시노하라가 재빨리 방에서 나가려 했다.

"시노하라, 히메지의 응석을 받아주지 마."

"상관없잖아! 나는 받아주고 싶다고!"

"마나마나는 내년에 수험생이지? 공부는 괜찮아?"

"여유롭지. 엄청나게 여유롭다고 해도 될 정도라고. 시즈나 오빠야네 학교 시험을 칠 거거든~."

"아, 그렇구나."

데구치가 하고 싶어 했던 건배도 생략되고, 벌써 시작해 버리고 있었다.

"내가 건배라고 하고 나서 시작해야지!"

"데구치, 이제 포기해."

"기다려도 못하는 강아지냐!"

"그럴싸한 비유로 태클 걸어봤자 아무도 안 듣는다고."

"건배애애애애애애애애애!!"

혼신의 건배를 외쳤지만, 역시 아무도 듣지 않았다.

마나와 토리고에는 입학 시험 이야기를 나누면서 신이 났고, 히메지와 시노하라는 접대 상태다. 히메지가 일 이야기를 하자 시노하라가 멋진 반응을 보여주고 있었다.

"타카양, 노래 부르자."

지금이라면 아무도 듣지 않을 테니 괜찮으려나? BGM 같은 느낌으로 가볍게 불러야지.

"여자애들은 어째서 수다가 길어질까."

나는 동감이긴 했지만, 맞장구를 치면 단숨에 공격당할 것 같았기에 애매하게 고개를 갸웃거렸다.

"뭐~? 연애 이야기라든가, 엄청 재미있잖아."

곧바로 마나가 물어뜯었다.

"데구는 결국 시즈를 좋아했던 게 아니라 좋아해줄 것 같은 애라면 누구라도 좋았던 거지?"

"짱마나, 지금 그런 말을 하는 건 매너 위반이잖아!"

"어, 어, 시이! 어느새! 그런 일이?!"

시노하라가 안경이 흐려질 듯한 기세로 흥분하고 있었다.

"후야제 때 춤을 추자는 이야기를 들었을 뿐이니까……, 딱히 그런 건 아니야."

친한 친구가 마구 들이대며 추궁하자 토리고에도 당혹스러워하고 있었다.

후야제? 라며 제대로 이해하지 못한 시노하라에게 히메지가 설명해 주었다.

"후야제 때 춤을 추자고 하는 건 고백하는 거나 마찬가지예요."

"어. 아. 어머~."

시노하라는 빨래터에서 수다를 떠는 아주머니 같은 반응을 보였다.

"그런데 데구는 금방 다른 애에 대해 상담을 받으려 하더라고. 나로서는 정말 답답하단 말이지."

"뭐, 데구치 군은 구멍만 있으면 아무래도 상관없는 사람이니까."

제일 신랄했던 건 토리고에였다.

"료. 참고로 말인데요. 제가 몇 명에게 그런 제안을 받았는지 알고 있나요?"

마구 으스대며 압박을 가하는 히메지.

"몰라."

그녀가 두 손을 펴고 내밀었다.

10명?! 대단하네.

"여덟 명이에요."

"왜 10이 아닌데."

제스처는 아무런 상관도 없냐고.

"3학년. 2학년. 1학년. 많은 남자들이 저에게 춤을 추자고 했죠. 전부 거절했지만요!"

왠지 말투에서 가시 돋친 느낌이 든다.

얼굴에는 미소를 드리우고 있지만 눈은 전혀 웃고 있지 않으니까.

"그러니까, 좋아하는 여자애나 남자애가 있으면, 춤을 추자고 하는 게 우리 학교 풍습이거든."

내가 그렇게 정리했다.

"공학, 부럽다……."

시노하라가 안경이 흐려진 채 풀죽어 있었다. 사립 여학교는 남녀가 서로 좋아하거나 사귈 기회도 별로 없고, 그럴 상대도 없을 것이다.

그런 심정에 휘둘린 건지, 시노하라가 실연 노래를 부르기 시작했다.

히메지는 팔짱을 낀 채 다리를 꼬고 마치 심사위원 같은 표정으로 듣고 있었다.

"다음에는 실연 노래의 여왕인 제가 차이를 보여줄 차례군요."

"그런 건 기대하지 않으니까 즐겁게 놀자고."

"무슨 염치로 그런 말을 하는 거죠?"

조용히 그렇게 말하고는 단말기를 조작하는 히메지. 예약한 노래의 제목을 보니 역시 실연 노래였다.

그러자 마나와 토리고에가 나를 힐끔 보고는 왠지 슬픈 듯한, 동정하는 듯한 눈빛으로 히메지를 보았다.

…………껄끄럽네.

히나, 얼른 와줘.

감자칩을 몇 개 입에 넣고는 마나와 토리고에의 표정을 보지 못한 척하면서 우물우물 씹었다.

"그럼 나도 그런 쪽으로 불러야지. 시즈도 같이 부를래?"

Illustrations copyright © Fly

"응, 무슨 의미로 하는 말인지 보이는데."

"괜찮아, 괜찮아."

"그럼 나도 실연 계열 노래를 한 곡 불러야지."

"너는 안 했잖아."

마나의 이야기를 들어보니 데구치는 토리고에가 넘어오지 않을 것을 알게 되자 다른 애로 표적을 바꿔서 닥치는 대로 꼬신 모양이었다.

"상관없잖아?! 나도 하트 브레이크를 당했다고!"

"같이 노래할래?"

데구치를 배려해주며 그렇게 말하자 갑자기 눈을 부릅떴다.

"여자친구가 있어서 행복이 넘치는 녀석이 이 노래를 부르게 할 순 없지!"

그게 무슨 소리야.

히메지가 앞으로 나가서 그럴싸한 동작을 취하며 노래하기 시작했다. 왠지 시선이 느껴지는데, 착각은 아닌 것 같다.

보이스 트레이닝을 한 히메지는 예전부터 노래를 잘 불렀지만, 실력이 한층 더 늘었다.

감정을 담아 템포가 느긋한 곡을 조용히 부르는 히메지. 데구치, 마나, 토리고에도 집중해서 듣고 있다.

시노하라만 혼자서 적당히 장단을 맞추며 분위기를 띄우고 있었다.

아니, 그런 걸 할 노래가 아니잖아.

이윽고 장단을 맞추는 목소리가 들리지 않는다 싶었더니, 시노하라가 울고 있었다. 펜 라이트를 들고 있는 것처럼 들어올린 손만 움직이는 상태. 라이브를 보고 감동한 손님처럼, 눈물을 또르륵 흘리는 것이다.

"가슴에 스며드네. 히메 님의 노랫소리가 내 몸속에 울려……."

공연을 보고도 울었던 걸 보면 시노하라는 히메지만 엮이면 쉽게 넘어가버리나 보다.

그때, 문득 보니 문에 달린 작은 창문으로 안을 들여다보고 있는 사람이 있었다.

저건.

문을 살며시 열고 안으로 들어온 사람은 히나였다.

모두가 돌아보자 히나가 두 손을 모으고는 지각해서 미안하다는 포즈를 반복했다.

간주에 들어가자 히메지가 날카로운 눈빛을 보였다.

"히나. 채점 승부하죠."

"좋아! 얼마든지 덤벼! 지면 주스를 사는 거야."

"우물 안의 개구리 주제에, 저를 이길 수 있다고 생각하지 마세요."

좀 전까지 내 옆에 앉아 있었던 히메지 자리에 히나가 앉았다.

"고생했네. 일은 어땠어?"

"응. 나도 이야기를 잔뜩 하고 싶긴 한데, 나중에."

표정을 보아하니 안 좋은 일이 있었던 건 아닌 모양이었다.

노래가 끝나자 시노하라가 빠르게 박수를 쳐댔고, 집중해서 듣고 있던 세 사람도 칭찬했다.

"히메지마 양은 노래를 잘하네. 역시 프로는 달라."

"아이돌 출신이고, 뮤지컬에 출연할 정도니까~."

마나가 노래를 고르며 그렇게 말하자 토리고에도 옆에서 맞장구를 쳤다.

"료 군은 노래 불렀어?"

"아직."

"그럼 같이 부르자. 뭔가 분위기가 살아나는 걸로."

"지금은 그런 흐름이 아니거든."

"응?"

눈을 동그랗게 뜬 히나. 히메지가 돌아오더니 나와 히나 사이에 약간 벌어진 틈으로 작은 엉덩이를 밀어넣고는 억지로 앉았다.

"자, 잠깐만, 아이."

"왜요? 제 자리로 제가 돌아온 것뿐인데요."

히나도 완전히 시비를 걸고 있다는 걸 눈치챈 것 같았다.

이 자리의 주인은 분명 히메지였지만, 반대쪽인 나와 데구치 사이에 사람이 한 명 앉을 수 있는 공간이 있었기에 의도적으로 끼어들었다는 걸 알 수 있었다.

"무대가 대성공한 걸 축하해주려 했는데, 그런 짓을 하는구나? 방금 그거, 전철에서 가끔 보는 뻔뻔한 아주머니 같아."

앉고 싶어 하면서 얼마 안 되는 공간에 억지로 끼어드는 사람 말이지.

"전 일을 할 때 전철로 이동하지를 않아서 이해가 잘 안 되는 비유네요. 아, 히나는 아직 전철을 타고 현장까지 왕복하나요?

힘들겠네요~. 뭐, 열심히 하세요. 컷 모델."

압도적으로 거만한 시선. 비꼬는 걸 숨기지도 않는다.

"싸우지 말라고."

내가 나무랐지만, 두 사람은 여전히 한 번 불이 붙으면 멈추지 않았다.

"컷 모델 해본 적도 없는 주제에. 다양한 헤어스타일이 될 수 있어서 정말 즐거운데."

"후후. 잘됐네요. 보수는 얼마나 받나요? 100엔 정도?"

"용서 못 해⋯⋯. 나 혼자라면 모를까, 일을 업신여기다니."

내가 잘 알고 있던 일상의 광경이지만, 익숙하지 않은 데구치와 시노하라는 당황하고 있었다. 두 사람 사이를 알고 있는 마나와 토리고에는 딱히 아랑곳하지 않고 마이크를 든 채 번갈아가며 노래를 부르기 시작했다.

옆에서 두 사람이 투닥거리는 와중에 나는 노래를 들으면서 과자와 음료수를 먹고 마시며 즐겼다.

"시즈하고 오빠야도 노래 좀 불러."

"돼, 됐어, 마나마나."

"왜~?"

"무서운 사람이 있으니까."

토리고에가 그렇게 말하자 마나도 그제야 히나의 표정을 눈치챘다. 엄한 수련을 거듭한 수행승처럼 굳은 표정을 짓고 있다.

"히나는 말이야~, 벌써부터 그래서 어떻게 할 거야?"

"아무것도 아니야."

"다른 반이 되면 그렇게 매번 질투하면서 노려볼 거야?"

"으……."

"다른 여자애하고 말도 하지 말라니, 그건 말도 안 되지. 시즈하고 같이 노래하는 것 정도는 받아주지 않으면 질투하다가 죽어버릴 거라고."

마지막 소꿉친구가 그럴싸하게 말하자 히나가 입을 다물었다.

토리고에와 사이좋게 지낸다는 건 히나도 알고 있는 사실이다. 그래서 더 싫은 건지도 모르겠지만.

히메지만은 자기 편을 얻은 기분이었는지, 고개를 크게 끄덕이고 있었다.

"나중에는 익숙해지지 않을까? 아직 익숙해지지 못한 것뿐이고."

토리고에가 그렇게 말해주자 진지했던 분위기가 조금 부드러워졌다. 그 틈을 타서 데구치가 말했다.

"그럼 분위기도 딱 좋게 달아올랐으니까."

"무슨."

"일단은 넘어가 달라고, 타카양~."

"아, 미안, 나도 모르게."

히나가 온 지 시간이 조금 지났다———. 데구치가 뭘 하려는 건지 짐작이 갔다.

"타카양, 준비해줘."

"준비는 이미 끝났잖아."

군이 말할 필요도 없다고.

여자애들은 뭘 하려는 건지 나와 데구치를 지켜보고 있었다.

휴대폰에 넣어온 용량이 큰 동영상 파일을 준비하자, 데구치가 화면에 케이블을 연결했다. 노래방 기기의 전원을 끄니 화면만 전원이 켜진 채 어두워졌다.

"괘, 괜찮겠지? 타카양. 제대로 나오겠지?"

"몰라."

데구치에게 받은 케이블을 휴대폰에 연결했다.

설정을 바꾸자 내가 잘 알고 있는 홈 화면이 떴기에 데구치의 걱정은 기우로 끝났다.

"료 군, 뭐하게?"

"예전에 이 멤버로 모였을 때도 이렇게 놀았었지."

데구치 말고는 내 이야기를 이해하지 못하고 애매하게 고개를 끄덕이고 있다.

"다 같이 바다에 갔었잖아. 촬영하러. 엄청나게 일찍 일어나서 전철 타고."

데구치가 덧붙여 설명하자 모두가 답을 눈치챈 듯한 표정을 지었다.

"그때 찍었던 동영상을 편집해 왔거든. 지금 그걸 틀게."

미리 설레발을 친 탓에 모두가 입을 다물었다. 완전히 기대하는 듯한 침묵이었다.

괘, 괜찮아. 이상하게 편집하진 않았다고.

딱히 비난당할 만한 짓은 안 했어.

그냥, 중반 이후에는 토리고에를 제외한 모두가 수영복을 입은 것뿐이야.

내가 들고 있던 휴대폰과 똑같은 내용이 화면에 떠 있다.

좀 전에 확인했던 화면을 불러온 다음, 재생 버튼을 눌렀다.

모래사장과 하늘, 바다를 배경으로 촬영 메이킹 영상 같은 동영상이 나왔다. 히나도 그렇고 히메지도 진지한 표정을 짓고 있었고, 마나가 약간 진지한 표정을 지으며 두 사람의 화장과 옷을 다듬어주고 있었다.

"우와, 정겹~!"

제일 먼저 소리친 사람은 마나였다. 정겹다는 말을 하고 싶은 모양이었다.

"아이도 그렇고 히나도 진지한 표정이네."

"마나도 말이지."

시간이 지나자 화면 안으로 갑자기 데구치가 들어왔다.

『타카양, 나만 찍지 말라고!』

『렌즈 앞으로 튀어나온 건 너잖아. 무슨 산길의 고라니냐고.』

실내에 쿡쿡 웃는 소리가 들렸다. 그때 추억에 대해 저마다 이야기했다.

"저때 바람이 엄청 불어서 말이야~. 내가 모처럼 세팅해준 머리가 금방 흐트러져버렸어. 진짜로 끝장이었지."

"맞아, 맞아. 금방 와서 다듬어주는 마나를 보고 미안하다는 생각이 들었거든."

"히나는 자체 NG를 반복했었죠."

"아이는 대사를 마치 국어책처럼 읽었고."

"네? 그래서 어쨌다고요."

"딱히~."

시노하라는 동경하던 아이카 님을 마치 금붕어 똥처럼 졸졸 따라다니고 있었다.

"미이, 이건 스토커잖아. 체포감이거든?"

"이 정도는 별것 아니잖아."

그 사실을 몰랐던 히메지가 정색하고 있었다.

마나가 점심밥으로 먹을 요리를 해주었고, 모두가 함께 그걸 먹었다. 그때 히나와 둘이서 바위 쪽으로 갔었던가?

"타카양, 타카양, 내가 카메라를 들고 찍었던 때도 있잖아. 그게 슬슬 나오지 않을까?"

크흐흐, 하고 천박한 미소를 지은 데구치.

"아, 그거 말이지. 거의 다 잘라냈어."

"어째서어어어어어어어?!"

데구치의 성욕이 잘 드러난 초점인 데다 계속 수영복 차림인 여자애들만 나왔으니까. 가슴 쪽, 들뜬 여자애의 겨드랑이, 모래가 묻은 엉덩이, 햇빛을 받아서 하얗게 빛나는 허벅지. 그런 것들뿐이었다. 다른 사람들에게 보여줄 수 있을 리가 없잖아.

동영상 안에서는 점심 식사를 마치고 모두 함께 놀기 시작했다. 데구치가 말한 건 이 부분이긴 하지만, 사정상 잘라냈다. 데구치가 찍은 것들 중에서 남은 것은 파카를 입고 있는 토리고에뿐이다.

동영상 안에서 우리는 다들 즐거워 보였다. 실제로도 그랬고, 가길 잘했다고 생각했다.

"어~, 장난 아니네. 또 가고 싶어~!"

마나가 모두의 마음을 대변해 주었다.

"다음에는 시즈도 벗어야 해."

"나, 나는 됐어."

"커다란 가슴을 숨기다니. 아깝잖아~."

"크, 크지 않아."

놀리는 마나를 보고 토리고에가 몸을 움츠리며 거절했다.

"숨기고 있으니까 가치가 있다고도 생각해볼 수 있겠지."

데구치는 함축적인 표현이라도 된다는 듯 씁쓸한 표정을 지은 채 얄팍한 소릴 늘어놓았다.

영상 안에서는 저녁을 맞이해서 불꽃놀이를 시작하고 있었다.

이 시기에는 모두가 카메라를 교대로 들었기에 가끔 나도 나왔다.

잠시 후, 동영상이 끝나자 히메지가 말했다.

"멋진 동영상이네요. 정말로요."

"마음에 든 것 같아서 다행이네."

데구치가 내 어깨를 붙잡았다.

"타카야, 나는 포기하지 않았다고."

"포기해. 이미 지워버렸으니까."

"오 마이 갓⋯⋯."

절망한 데구치가 머리를 감싸쥐었다.

이 상영회가 딱 좋게 기분 전환의 계기가 된 모양이었기에, 그 흐름을 타서 케이크를 꺼내기로 했다.

크리스마스 케이크가 아니라 히메지의 무대가 성공한 걸 축하하기 위한 케이크였다.

시노하라가 긴장한 표정으로 냉장고에서 케이크를 꺼낸 다음, 유리 장식을 다루는 것처럼 신중한 손놀림으로 상자에서 꺼냈다.

"크리스마스 케이크! 가, 아니네요……?"

보고 금방 그런 게 아니라는 걸 알 수 있었을 것이다.

플레이트에 '아이, 고생했어!'라고 적혀 있었다.

히메지가 영문도 모른 채 설명해달라는 듯이 고개를 이리저리 돌렸다.

"히메지의 무대가 끝날 무렵이니까, 딱 좋지 않을까 해서 말이야."

"……저를 위해서요?"

다시 두리번거리는 히메지에게 모두가 고개를 끄덕였다.

어쩌면 '이런 건 뒤풀이 때 이미 먹었으니까, 이제 와서 이러지 않아도 되는데요'라고 할 줄 알았는데, 내 예상이 빗나갔다.

히메지가 감격했는지 조용히 고맙다는 인사를 했다.

"감사, 합니다."

데구치가 코 아래쪽을 손가락으로 비비고 있다. 그거 너무 낡아빠진 제스처 아니냐고.

"이 계획을 제안한 사람은 시노하라야."

히메지가 솔직하게 고마워하자 시노하라도 감격해서 울상을 짓고 있었다.

"미나미 양, 감사합니다."

"돼, 됐어. 히메 님, 고생했어."

"아이, 무대 정말 멋지더라. 난 그런 거 처음 봤는데, 정말 즐거웠거든."

이히히 웃으며 마나가 감상을 말하자 히나도 뒤를 이었다.

"처음에는 내가 올라갔을지도 모르는 무대여서 답답한 마음으로 보게 될 줄 알았는데, 그렇지 않았어. 아이의 열연이 그런 걸 잊게 해준 거야. 고생했어."

"나는 메시지 내용 그대로야."

토리고에는 간단히 말했다.

"그거 말이죠. 정말 길게 쓴 감상 메시지. 음……."

히메지가 휴대폰을 들여다보며 메시지를 찾으려 하자 토리고에가 재빨리 휴대폰을 빼앗았다.

"다른 사람들 앞에서 읽을 필요는 없다고."

"농담이 안 통하는 사람이네요~."

히메지가 나를 힐끔 보았다. 감상을 재촉하는 것 같았다.

"마츠다 씨가 새파랗게 질려 했던 그 상태에서 용케도 그렇게 연기랑 노래가 당당하게 나오는나 싶었지. 배짱만은 정말 대단했어."

"쓸데없는 말 하지 말아주세요. 솔직하게 칭찬도 못하나요? 정말."

히메지는 그렇게 말하면서도 얼굴을 실룩대고 있었다.

다들 내가 말한 그 상태라는 게 신경 쓰이는 것 같았지만, 아무도 언급하지 않았다.

"마지막은 나구나."

일어서서 말할 준비를 하던 데구치를 제쳐 두고, 히메지가 다시 감사 인사를 했다.

"모처럼 파티하는 자리에서 저 개인을 축하해주셔서 감사합니다. 이렇게 해주실 줄 몰랐어서 아직 좀 놀라고 있어요."

"솔직한 아이, 귀여웟."

"응. 평소에는 오기만 부리고 큰소리만 치니까 말이지~."

마나와 히나가 그렇게 말하자 방긋방긋 웃으며 체면을 차리던 히메지가 원래대로 돌아왔다.

"저기, 다 들리거든요?"

"자존심이 정말 강한 여자니까."

토리고에가 조용히 말하자 히메지가 그것도 알아들었다.

"시즈카 양."

웃음소리가 울려 퍼지자 분위기가 누그러졌다.

히나가 칼을 빌리러 갔고, 토리고에와 마나가 종이 접시와 음료수를 준비하기 시작했다.

말을 할 마음으로 가득했던 데구치만 혼자 덩그러니 남겨졌다.

"이봐, 타카양, 나도 멋진 감상을 말할 생각이었거든……?"

"네 건 필요가 없는 모양인데."

그냥 잊어버렸을 뿐일지도 모르겠지만.

히나가 돌아오자 마나가 칼을 잡고 케이크를 나누었다. 마나가 칼을 들었을 때의 안심감이 대단하다.

"히메지, 무대 고생했어."

다시 건배를 한 다음, 우리는 케이크를 먹었다.

시간이 지나, 우리는 쓰레기를 치우고 노래방을 나섰다.

히나 vs 히메지의 점수 대결은 3승 2패로 히메지가 이겼다.

"아이, 다음에 또 하자!"

"그만두죠. 또 제가 이길 테니까요."

완벽하게 이기겠다고 큰소리를 친 히메지도 히나가 생각보다 분투하는 걸 보고 도망칠 셈인 것 같았다.

다 같이 역으로 가던 도중에 히나가 오늘 한 일에 대해 조용히 가르쳐 주었다.

"이 지역 회사의 CM에 출연하게 되었어. 오늘은 그것 관련 회의를 했고."

"어? CM?"

"WEB 한정이야. TV에는 안 나오고."

"그래도 컷 모델에서 단숨에 출세했네."

"큰 회사가 아니라 이 지역 회사라 그렇게 출세했다는 느낌은 안 들지만 말이지."

CM이라는 말을 듣고 앞에서 걸어가던 히메지가 귀를 쫑긋 세웠다. 하지만 WEB, 지역 회사라는 단어가 나오자 귀가 금방 원래대로 돌아갔다.

"어쩌면 히나 너를 사무소에서 밀어주고 있는 거 아닐까?"

"글쎄? 다른 곳이 어떤지 모르니까, 만약에 그렇다면 좋겠네~."

순조롭게 일이 들어오자 히나는 만족스러워하는 미소를 보여주고 있었다.

⑤ 이브

얼마 전에 본 시험 답안지를 돌려받았다.

각 과목은 전부 평균 점수가 낮았는지, 선생님들이 답안지를 돌려주면서 다들 굳은 표정을 짓고 있었다.

"어려웠지?"

수업이 끝나자 나는 제일 먼저 그런 부분을 알 것 같은 히나에게 물었다.

"조금. 그렇게까지 떠들어댈 정도로 어렵진 않았던 것 같은데."

아, 안 되겠네. 모범생은 이 정도 난이도를 노멀 모드의 범위로 생각하는 것 같다.

모든 답안지를 받아보니 내 시험 점수는 평균보다 높았다. 히나가 남몰래 목표로 삼고 있던 80점에 도달한 과목은 하나뿐.

히나가 뭐 이 정도면 되겠지, 같은 분위기를 풍기는 걸 보니 한동안 공부 쪽으로는 잔소리를 듣지 않아도 될 것 같다. 내가 보기에는 엄청나게 좋은 성적인데 말이지.

참고로 히메지는 점수를 숨겼다. 몰래 들여다보려 해도 철통처럼 지켜내며 누구에게도 보여주려 하지 않았다.

보아하니 성적이 상당히 안 좋은가 보다. 풀 죽을 줄 알았는데 밝은 표정인 걸 보면 이미 털어낸 건가.

히메지는 겨울 방학 때 보충학습 지옥이겠구나. 고생이 많겠어.

롱 HR 시간이 되자 와카가 와서 수업 때처럼 어두운 표정을 지으며 내년에는 수험생이 되고, 지금 3학년들은 필사적이라는 이야기를 했다.

"우리 반은 학교 축제 때도 잘 해냈고, 다른 반들보다 시험 평균 점수가 높아서 내버려두고 있었지만, 자리를 바꾸겠어."

지금 자리로 만족하는 녀석들은 반대하는 목소리를 냈고, 지금 불만인 녀석은 쾌재를 불렀다.

"선생님, 시험 성적이 나쁜 거랑 자리는 상관없지 않나요?"

히나가 은근히 반대했다. 하지만 와카도 말했다.

"수업에 집중하지 않으니까 그러지."

그렇다고 다음 자리에서 집중할 수 있을 거라는 보장은 없을 텐데. 그런 생각이 들었지만, 와카의 결정은 바뀌지 않은 것 같았다.

"제비를 만들어 왔으니까, 차례대로 뽑아."

와카가 칠판 쪽으로 돌아서더니 자리를 그리고 제비에 적혀 있을 번호를 적어나갔다.

"료 군."

히나가 쓸쓸해하고 있었다.

"수업 중에 꽁냥대니까 그렇죠."

메롱, 하고 히메지가 혀를 내밀자 히나가 자리에서 몸을 내밀며 반론했다.

"그런 짓은 전혀 안 했다고."

"그래요? 쿡쿡 찔러대며 장난을 쳤잖아요."

"그런 건 꽁냥의 범위 내에 안 들어간다고. 그치? 료 군."

"그 이상으로 다른 것들을 하니까 감각이 마비된 것뿐이에요. 히나는 의외로 밝히는군요."

"윽……."

얼굴을 빨갛게 물들인 채 뭔가 떠올린 듯한 히나. 내가 도우러 나섰다.

"자리 바꾸기랑 꿍냥은 상관없어. 실제로 나는 성적이 좋았고. 하지만 히메지는 죽을 만큼 안 좋잖아."

"안 좋다고 멋대로 단정짓지 마세요."

"그러면 점수를 보여주든가."

"제 차례가 된 것 같네요."

히메지는 내 말을 듣지 못한 척 자리에서 일어나 교탁 위에 있던 제비를 하나 뽑아서 돌아왔다. 나와 히나도 차례가 되자 제비를 뽑았다.

다 그려진 좌석표와 제비를 보니 나는 지금보다 왼쪽으로 두 자리만 옮길 뿐이었다.

"멀리 떨어져버렸어……."

히나가 내 번호를 보고는 슬픈 듯이 힘없는 표정을 지었다.

"쓸쓸해지겠네."

"그러게."

나는 그렇게 말하며 무심코 히나의 머리를 쓰다듬어주려다가 학교라는 걸 깨닫고는 멈췄다.

"같은 교실에 있으니까 쓸쓸해질 리가 없잖아요."

이야기를 듣고 있던 히메지가 크게 한숨을 쉬었다.

자리 이동을 마치자 내 오른쪽 옆자리가 히메지였고, 앞자리는 토리고에였다. 그리고 그 오른쪽이 데구치였다.

"또 료의 옆자리인가요?"

"잘 부탁해."

"타카모리 군하고 히메지도 자리가 가깝구나."

토리고에가 은근히 기뻐하고 있었다.

그에 비해 혼자만 멀리 구석진 자리에 앉은 히나는 따돌림 당한 것처럼 애절한 눈빛을 보이고 있었다.

그러고 나서 집에 가는 길. 히나는 당연하다는 듯이 하소연을 쏟아냈다.

"분명 그냥 핑계일 거야. 자리를 바꾼 것만으로 학력이 올라갈 리가 없잖아."

나도 그렇게 생각한다.

"와카가 수험을 의식하게 만들어서 우리가 정신을 차릴 수 있게끔 한 거 아닐까?"

"그럴지도 모르지~."

끄으으, 하고 토라진 히나의 하얀 볼을 찌르자, 히나는 "그만해~"하며 싫어하는 기색도 별로 없이 간지럽다는 듯 웃었다.

집으로 가는 길에는 차가워진 손과 손을 맞잡고 서로 데워주었다.

"손등이 차가우니까."

히나는 내 주머니에 잡은 손을 넣었다. 하긴, 이러는 게 더 따뜻하다.

하지만, 다른 사람들이 보면 부끄럽다.

"내일은 일정 있어?"

"촬영이 있어."

"아, 그거?"

"맞아. 스케줄이 꽤 밀린 모양이라 급하게……."

히나가 미안하다는 듯이 말했다.

내일은 크리스마스 이브다. 당연히 일정을 비워두었을 줄 알았다.

하지만, 일이 있다면 그쪽을 우선시해야 할 것이다.

지방 기업이고 WEB 한정이라고 해도 CM이라면 꽤 대단한 일이다.

"신경 쓰지 않아도 돼. 열심히 하고."

"응. 고마워! 기대해줘!"

"언제부터 나오는데?"

"1월 정도라고 들었어."

"다음 달? 그걸 내일 찍는다고?"

마츠다 씨네 회사에서 아르바이트를 하면서, 나는 어떤 것이든지 꽤 일찌감치 제작된다는 걸 알게 되었다. 역산해보면 반년 이상 전부터 움직이는 경우도 많다.

"큰 곳이라면 예전부터 시작했겠지. 이런 거. 하지만 사무소나 회사가 작으니까 빨리빨리 움직일 수 있는 모양이야."

그런 이유도 있을 법하다.

지방 한정 광고는 전국 방송에 나가는 것보다 저예산이라는 느낌이 꽤 드니까.

그래도 곤란하네. 내일은 종업식이라 방과 후에 데이트를 하고 그 흐름에 맞춰서 크리스마스 선물을 줄 예정이었는데.

그렇다면 시간이 비니까 나도 아르바이트나 할까.

히나를 집까지 바래다준 다음, 현관 앞에서 다른 사람들이 없다는 걸 확인하고 뽀뽀를 했다.

행복한 듯이 미소를 지은 히나가 집 안으로 들어간 것을 보고는 나도 집으로 돌아왔다.

"나, 내일 시간 비는데~?"

오늘이 종업식이었던 여중생 갸루가 집에 온 오빠를 보자마자 조용히 그렇게 말했다.

소파 위에서 휴대폰을 만지작거리며 이쪽을 힐끔거리고 있다.

"나는 시간 없어."

집에 오던 도중에 마츠다 씨에게 일이 있는지 물어보니 마침 있는 모양이라 사무소에 가기로 한 것이다.

"에휴~. 여자친구가 생겨서 사랑하는 여동생하고 데이트도 못 한다는 거야~?"

뿌우~, 뿌우~, 마나가 쓴소리를 했다.

"그렇게까지 심한 시스콘은 아니라고."

"내가 없다고 쓸쓸해하면서 역까지 데리러 왔던 주제에~!"

그렇게 기뻤나?

마나는 마치 약점을 잡았다는 듯이 틈만 나면 그 이야기를 한다.

"선물을 받고 싶은 거지?"

"꼭 그런 건 아닌데~."

꼭 그런 거잖아.

"마나, 오빠야를 얕보지 마라."

"으응? 그게 무슨 소리야?"

"있거든요, 선물."

"어~?! 진짜로────?!"

폴짝, 점프하듯이 뛰어오르며 일어선 마나가 눈을 반짝였다. 아직 어린애구나, 쓸데없는 부분만 자랐는데도.

"오빠야는 말이지, 그런 건 서프라이즈로 줘야지. 하루 이르기도 하고."

말은 그렇게 하면서도 매우 기쁜 듯한 눈치였다.

"불평하지 마."

"나도, 오빠야 좋아해."

"속물 같은 녀석."

하지만 이 패션 경찰이 마음에 들어할지 여부와는 별개다.

실수했을 경우, 이건 필요가 없다고 할 수도 있다.

"그래서? 뭘 줄 건데?"

"진정하라고."

들뜬 마나를 달랜 나는 선물을 둔 내 방으로 향했다. 마나도 당연하다는 듯이 따라왔다.

선물은 옷장 안에 숨겨두었다. 나는 녹색 포장지에 빨간 리본이 달려 있는 종이 봉투를 잡았다.

"이거."

"사실이었네! 진짜로 준비했잖아!"

히나에게 줄 선물에 대해 조언을 해주었고, 그것 말고도 마나에게는 신세를 너무 많이 졌다. 최소한의 보답이라고 해야 할 것이다.

선물을 받아든 마나는 나를 끌어안았다. ……가슴이 닿는다고.

"고마워, 오빠야."

내게서 물러난 다음, 마나가 안을 확인했다.

"아~! 장갑! 정석! 완전 정석! 엄청 빵 터지는데!"

마나가 다니던 갸루 계열 샵에서 산 물건이다. 그래서 완전히 꽝은 아닐 거라 생각했는데, 기대가 어긋나진 않았다.

촌스럽다거나, 이건 아니라거나, 자기 생각을 있는 그대로 표현하는 마나가 아무런 말도 하지 않았으니까.

역시 좋아할 만한 디자인이었던 것 같다. 학교에 다닐 때도 쓸 수 있을 만한 검은색이고, 손목에는 퍼가 달려 있는데다 무엇보다 장갑을 낀 채 휴대폰을 조작할 수 있다.

"휴대폰도 할 수 있고, 학교에 갈 때도 쓸 수 있어."

"그런 생각도 할 수 있게 되었구나? 성장했네, 오빠야."

마나가 내 머리를 쓰다듬어주었다.

"보통은 반대잖아. 오빠가 여동생의 머리를 쓰다듬어주는 거라고."

내 태클을 듣지도 않은 마나가 장갑을 낀 채 신이 나서 계단을 내려갔다.

"나도 내일 오빠야 선물 사올게."

"아니, 됐어."

"괜찮아! 내가 사주고 싶은 거니까!"

……귀여운 녀석.

"싼 걸로 사와도 된다~."

듣고 있는지는 모르겠지만, 그렇게 덧붙여 말해두었다.

종업식 날.

등교하는 학생들을 보고 있자니 장갑을 낀 여자애들이 별로 없다는 사실을 눈치챘다. 정말 괜찮을지, 약간 걱정이 되었다.

필요없다면 필요없다고 말할 녀석이니 괜찮을 것 같긴 하지만.

방과 후가 되자 히나가 나와 토리고에 같은 친구들에게 손을 흔들며 교실에서 곧바로 나갔다.

내가 이유를 말해주자 토리고에와 히메지도 납득한 것 같았다.

"저예산 같아 보이는 지방 CM……, 어떤 내용일까요."

결과를 예상한 건지, 히메지가 싱글거리고 있다. 이 녀석, 비웃을 생각이 가득하구나? 성격도 참 좋단 말이지.

"료는 오늘 뭐 할 건데요?"

"아르바이트."

"……그럼 저도 따라갈게요. 사무소에 가죠?"

"한가해?"

"아니에요. 볼일이 좀 있을 뿐이에요."

눈을 전혀 마주치지 않는 걸 보니 아마 거짓말인 것 같다.

히메지는 자기가 집에 갈 준비를 마치고 나서 곧바로 교실에서 나갔다.

"토리고에는 시노하라하고 놀기로 했어?"

"나는 상관없잖아."

내가 나가지 않았기에 히메지가 고개를 내밀고 '료~. 뭐 하고 있어요?'라며 재촉했다.

"저, 저기, 타카모리 군. 이거!"

토리고에가 가방에서 손바닥에 올려놓을 수 있는 정도의 크기에 정육면체인 상자를 내밀었다. 크리스마스 컬러로 포장되어 있어서———.

"나한테? 선물?"

"마, 맞아."

놀라서 말이 나오지 않았다.

"고, 고마워. 받을 줄은 몰라서."

그런 말만 겨우 할 수 있었다.

토리고에가 빠르게 손을 저었다.

"피피피, 피, 필요없으면 버려도 되니까!"

"그런 짓은 안 해."

"미, 미, 미이에게도 줄 거니까 신경 쓰지 말고!"

"미안, 나는 준비를 못해서."

"신경 쓰지 마. 내가 좋아서 주는 거니까. 아! 조, 조, 좋아한다는 건, 그런, 그런 뜻이 아니라!"

얼굴이 완전히 빨개졌다. 당황한 토리고에는 재빠르게 뭔가 말하고는 얼른 집어넣으라고 재촉했다. 가방에 넣고 있자니 히메지가 다시 교실 안으로 고개를 내밀었다.

"료~! 제가 기다리고 있거든요? 복도가 춥거든요?"

"시끄럽네. 먼저 나간 건 너잖아."

나는 가방을 어깨에 걸친 다음, 토리고에게 가볍게 인사를 하고 나서 교실 밖으로 나갔다.

"시즈카 양하고 무슨 이야기 했나요?"

"겨울 방학 때 뭐할 건지."

그렇게 적당히 거짓말을 했다.

"저는 오디션이 몇 개 있어요."

물어보지도 않았는데 가르쳐주는 승인욕구의 요괴다.

"오늘은 그것 관련으로 마츠다 씨와 의논하려고요."

"호오, 그랬구나."

볼일이 있었다는 게 사실이었던 모양이다.

전철을 타고 사무소까지 간 다음, 평소처럼 사장실로 들어갔다. 나를 따라 히메지가 들어오자 마츠다 씨가 의아하다는 듯이 한쪽 눈썹을 치켜올렸다.

"아이카, 너, 뭐하고 있는 거니."

"오디션에 대해서 마츠다 씨와 의논하려고요."

"어머나. 이미 끝났잖니. 딱히 할 이야기도 없는데?"

"…………."

역시 거짓말이었냐.

나와 히메지를 번갈아가며 보던 마츠다 씨가 안쓰럽다는 듯이 눈을 가늘게 떴다.

"아이카……, 큥이랑 이브를 함께 보내고 싶었던 거구나. 가엾은 아이……."

"아, 니, 라, 고 요오오오오오!!"

실내가 쩌렁쩌렁 울릴 정도로 큰 목소리였다. 역시 뮤지컬 무대에 설 만도 하다.

항상 앉던 자리에 앉아 가방 안에서 토리고에가 준 선물을 열어보았다. 안에는 머그컵 크기의 텀블러가 들어 있었다.

따뜻한 음료가 잘 식지 않게 해주는 물건이다. 커피를 타먹을 때도 이걸로 먹으면 한동안 따뜻하겠는데. 책상 앞에서 일하는 내게 안성맞춤이었다.

딱 좋네. 역시 토리고에야. 실용적이면서도 비싸지 않은 것……. 받은 사람이 부담을 느끼지 않아도 된다는 배려가 느껴졌다.

덕분에 일이 잘될 것 같다.

『텀블러 고마워! 아르바이트 때 쓸게.』

토리고에에게 메시지를 보내자 별 말씀을, 이라고 말하는 외계인 같은 스탬프가 답장으로 왔다.

히메지는 나와 마츠다 씨가 곧바로 각자 일을 시작하자 할 일도 없고 말동무도 없어져서 금방 돌아갔다.

잡담을 하면서 마츠다 씨에게 히메지 이야기를 들었는데, 오디션이라는 게 아이돌 발굴 계열 기획이었던 모양이다.

"이미 아이돌이었는데요?"

"경력은 무관하다고 하니까. 무대를 보고 확신했어. 아이카는 라이브 현장에서 빛나는 애라고."

문제가 있었던 연기 쪽은 무대 연습을 경험해서 꽤 능숙해졌다. 하지만 그녀의 진수는 노래와 춤일 것이다.

"나, 오늘은 바로 집에 갈 테니까 큥도 적당히 하다가 가렴."

"네. 알겠어요."

"자잘한 편집 작업이나 요청도 받아주는 큥의 업무 능력은 꽤 평판이 좋으니까 다른 회사로 가면 안 돼."

손으로 키스를 날린 마츠다 씨가 손을 살랑살랑 흔들며 방에서 나갔다.

하는 일을 인정해주고 그에 맞는 보수를 준다. 이곳을 그만두고 다른 회사로 갈 생각은 들지 않았다.

이곳이라면 취직을 해도 괜찮을지 모르겠다. 수험생이 되면 공부도 힘들 테고. 대학교에서 뭘 공부하고 싶은 건지 아직 또렷하게 떠오르지도 않는다.

그렇게 생각하면 취직도 괜찮겠는데.

"아니, 잠깐만. 이렇게 생각하게 만들려는 마츠다 씨의 수법일지도 몰라."

같은 대학교로 진학하자고, 히나와 약속하기도 했다.

히나는 지금도 그 약속을 기억하고 있을까.

작업을 마치고 사무소를 나선 나는 히나에게 연락했다. 마침 근처에 있는 모양이었기에 만날 장소를 정하고 함께 집에 가기로 했다.

"이렇게, 이렇게 춤을 추는 거야."

합류하자 히나가 촬영 때 추었던 춤을 보여주었다.

"이상한 춤이네."

"그렇지~? 나도 계속 이상하다~, 싶었거든. 그래도 다들 엄청 진지해서, 난 카메라 앞에서 대체 뭘 하는 걸까 하는 생각이 드니까 중간에 웃음을 터뜨릴 뻔했어."

그 상황을 떠올린 히나가 쿡쿡 웃었다.

"오히려 임팩트가 있을지도 모르지."

"그런가? 나는 아이가 비웃는 미래가 눈에 선해."

히나가 한탄하듯 고개를 젓고는 미안하다는 듯이 손을 마주 모았다.

"이브인데 미안해. 시간을 전혀 내지 못해서."

"사과하지 않아도 돼. 일에 대해서는 응원하고 있고, 타이밍이라는 게 있는 법이니까."

"응. 고마워. 나, 열심히 할게."

"너무 지나치지 않게끔, 적당히 하고."

네에~, 히나가 그렇게 대답했다.

가까운 역에 내려서 갈림길에 도착하자 히나가 자기 집 쪽으로 내 손을 잡아끌었다.

"우리 크리스마스는 지금부터야."

음표가 머리 위에 떠오를 듯한 발걸음으로 폴짝폴짝 걸어가는 히나.

우리 둘 다 내일 일정은 없다. 히나네 가족도 여행을 가거나 친구네 집에 놀러가서 집을 비웠다고 한다.

그래서 히나는 오늘 밤, 집에 혼자라고 했다.

히나네 방에 들어가자 집에 오면서 산 치킨과 과자를 펼쳐놓았다.

냉장고에 있던 주스로 건배를 한 다음, TV를 적당히 보면서 치킨을 먹었다. 그럭저럭 넓은 방인데도 히나는 딱 달라붙어서 떨어지질 않았다.

진로 같은 진지한 이야기는 다음에 해야겠다.

나는 타이밍을 맞추지 못해 곤란했던 크리스마스 선물을 그제야 건넸다.

"이거."

"선물?! 이게 뭔데?!"

어린애처럼 들뜬 히나에게 '뜯어봐도 돼'라고 말했다. 부스럭부스럭, 포장지를 뜯고 작은 상자를 열자 실버 네클리스가 나왔다.

"대단해! 촬영용 의상에 같이 걸칠 것만 같은 예쁜 네클리스야!"

다행이야아아아아아아. 마나, 고마워어어어어어.

"히나는 이런 거 잘 안 차는 편이지만, 이 정도면 심플해서 차고 다니기 편할 것 같은데."

이건 마나가 했던 말이다.

"정말……! 이 정도면 너무 자기주장이 강하지 않으면서도 존재감을 확실하게 알아볼 수 있을 거야……. 료 군, 고마워!"

나를 꽉 끌어안은 히나. 나는 그 상태로 목걸이를 받아서 그녀의 목 뒤에 두르고 후크를 채웠다. 히나는 목걸이를 손으로 들어 보거나 거울을 보며 확인하고는 감격해서 살짝 울고 있었다.

"기뻐……."

"별말씀을."

"저도 선물이 있어요."

히나가 눈가에 맺힌 눈물을 닦고는 쑥스러운 듯이 에헷, 웃었다.

책상 옆으로 가서 한아름 정도 되고 크리스마스 컬러로 포장된 물건을 가지고 왔다.

"료 군에게 주는 선물."

"고마워. 그럼 실례할게."

부스럭거리며 확인해보니 안에 귀여운 곰인형이 들어 있었다.

……어떤 반응을 보여야 할까.

상대방에 따라서는 확실한 선물이겠지만, 나는 고등학교 2학년 남자라고. 반대라면 그래도 이해가 된다. 내가 히나에게 주는 선물이라면 그나마 이해가 된다.

잊고 있었다. 마나 덕분에 개선되어 가고 있는 히나의 패션 센스도 이런 부분은 아직 엇나간 상태다.

으아, 어쩌지.

히나를 힐끔 보니 내 반응을 목이 빠지게 기다리고 있는 것 같았다.

나는 각오를 다졌다.

"엄청 기쁘네. 고마워! 히나!"

"다행이야! 기뻐해주니까 나도 기뻐!"

그녀의 순수한 미소를 보고 안심했다. 여기에 제3자가 있어서 엇나간 부분을 지적해주면 좋겠지만, 공교롭게도 둘만 있는 공간이다. 기뻐하는 것 말고 다른 선택지는 없었다.

포장지를 뜯고 곰인형을 무릎 위에 올려놓았다. 크기는 중간 정도다. 선물로 따지면 엇나간 선택이지만, 이것 자체는 애교가 있고 귀엽다.

"……거기, 제 자리인데요."

히나가 곰인형을 살며시 치우고는 책상다리를 한 내 무릎 위에 마주 보고 앉았다. 볼을 붉힌 히나가 천천히 얼굴을 가져다 댔다. 키스를 한 번 한 다음, 나는 등쪽에서 옷 안으로 손을 집어넣었다.

"……료 군이 장난꾸러기 같은 표정을 짓고 있어."

혼을 내듯 새침한 표정을 지은 히나는 저항하려는 낌새를 전혀 보이지 않았다. 나는 키스를 계속하면서, 천천히 집어넣은 손으로 브래지어의 후크를 풀었다.

……그날이 겨울 방학 마지막 데이트가 될 줄은 상상도 하지 못했다.

⑥ 변해가는 일상

겨울 방학이 끝나고 등교한 첫날.

딱히 달라진 곳이 없는 교실에 들어가자 다들 어떤 화제에 대해 이야기하며 다른 반 친구들이 봤는지 여부를 서로 확인하고 있었다.

좋아하는 연예인이 출연한 새로운 봄 드라마도 아니고, 연말연시에 방영했던 인기 버라이어티 프로그램도 아니었다.

나는 며칠 전에 히나에게 그 이야기를 들었다.

이상한 춤과 힙합 같은 BGM에 맞춰서 낯익은 여자애가 기업 이름만 반복하는 CM.

"후시미 양이 찍은 그거, 봤어?"

"봤어. 장난 아니지. 너무 귀여운 거 아니야?"

그렇다.

히나가 출연한 WEB CM이 대박난 것이다.

그래서인지, 옆자리에 있던 히메지가 불쾌해하는 것 같았다.

"어쩌다 대박 한 번 난 게 어쨌다고요."

"그게 대단한 거지."

"춤이 서투르던데요. 제가 더 잘 추고 더 귀엽잖아요?"

"전자는 그렇다 치더라도, 후자에 내가 동의하면 어쩌게?"

"바람을 피우면 이를 거예요."

"함정이었냐. 이봐."

나는 그렇게 말하며 히나를 변호해 주었다.

"그건 원래 서투른 것처럼 보이는 춤이고, 원래 그런 동작이라고."

그게 히나의 귀여움을 더욱 돋보이게 해주었고, 인터넷에서는 수수께끼의 미소녀로서 화제를 불러모았다.

해가 바뀌자 그 CM이 공개되어, 히나는 눈 깜짝할 새에 바빠졌다. 본인의 이야기에 따르면 다른 버전 촬영이 곧바로 시작되었고, 다른 유명 기업이나 패션 잡지에서 문의가 들어왔고, 마이너 사무소에 소속된 수수께끼의 미소녀가 일약 스타가 되었다.

크리스마스 이후에는 원래 일이 잡혀 있었는지, 히나는 겨울방학 동안에 일을 하느라 바빴다. 전화나 메시지로 연락을 주고받긴 했지만, 만난 건 설날에 첫 참배를 할 때뿐. 둘이서 외출한 적은 없었다.

"여배우가 되는 거 아니었나요? 이름만 파는 거죠, 이름만."

라이벌로 여기고 있는 히메지는 자기보다 히나가 더 화제가 된 것을 용납하지 못하는 모양이었다.

정작 본인은 멀리 떨어진 자리에서 차례차례 다가오는 반 친구와 다른 학년 학생들에게 대처하느라 한동안 이쪽으로 올 수 없을 것 같았다.

토리고에가 학교에 와서는 인사를 적당히 하고 이쪽을 돌아보았다.

"쇼츠에서도 히이나의 춤을 추는 사람들이 꽤 있던데."

"그래, 봤어."

"히메지도 하자. 찍어줄게."

"됐어요."

히나가 인기를 끄는 동안에는 이렇게 계속 토라져 있을 것 같다.

"세상은 어디서 무슨 일이 생길지 모르는 법이구나."

토리고에가 정신 없이 바빠 보이는 히나를 보고 그렇게 중얼거렸다.

히나는 그렇게 모두의 인기인으로 돌아왔다.

크리스마스 이후로 데이트는 못했다. 히나의 방에서 느긋하게 지내기만 한 그걸 데이트라고 해도 되는 건지는 모르겠지만.

대박이 난 CM 이후의 일도 차례대로 공개되었고, 그럴 때마다 '그 이상한 춤을 춘 애'라고 알아보게 되었다.

내 여자친구라면서 자랑스러워진 한편, 단둘이 만나서 이야기를 나눌 수 있는 건 등교할 때뿐이었다. 자리가 멀리 떨어진 폐해가 그런 부분에서 드러났다.

히나의 이야기를 들어보니 순조로움 그 자체인 데다, 내게는 피곤해하는 것처럼 보였지만 일에 충실한 느낌이 더 강한 모양이었다.

그러다 결국 메시지나 전화로 연락한다는 암묵적인 습관이 끊기게 되었고, '어차피 내일 만날 테니까 그때 말하면 되겠지'라고 생각하게 되었다. 아마 히나도 마찬가지일 것이다.

공통 화제가 생기더라도 그걸 이야기해버리면 등교할 때 이야기거리가 없어져버린다. 왠지 모르겠지만 아무래도 상관없는 이야기를 할 수가 없어졌다.

사무소는 진심으로 히나를 밀어주고 있는지, 히나의 홍보용 공식 SNS 계정이 생겼다.

예명은 '히나미'로 정해진 모양이었고, 검색해보니 제일 먼저 그 계정이 나왔다. 계정을 만들었다는 이야기를 들은 직후였는데도 불구하고 팔로워가 3만 명이 넘었다.

토리고에가 말했던, 히나가 모범생이라는 말이 머릿속에 스쳐 갔다.

모범생이고, 우수하다.

히나는 새롭게 '히나미'라는 얼굴을 가지게 되어 그 능력을 마음껏 발휘하고 있는 것 같았다.

남자친구로서, 여자친구로서, 그럴싸한 것도 해보지 못한 채……, 아니, 아무것도 하지 못한 채 눈 깜짝할 새에 한달이 지나갔다.

학교 축제 이후로 한 달이 내가 꾼 꿈이 아니었을까 하는 생각이 들 정도로 아무것도 없는 나날이었다.

체육 시간이 끝난 뒤에 탈의실에서 데구치가 방금 생각났다는 듯이 놀렸다.

"발렌타인 데이 때, 타카양은 한 개는 확실히 받겠네. 부러워. 아~, 좋겠다!"

"아니, 글쎄. 바쁜 것 같으니까."

"이봐, 이봐, 이봐, 갑자기 겁을 먹으셨네. 그렇게 말할 줄은 몰랐는데."

데구치가 뜻밖이라는 듯이 눈을 깜빡이고 있었다.

입을 열었다간 불평을 하게 될 것 같고, 마땅히 의논할 상대가 없었기에 나는 내 생각을 소리 내어 말하지 못하고 있었다.

토리고에에게도, 히메지에게도, 내가 선택한 상대에 대해 의논하기가 껄끄러웠던 것이다.

그런 와중에 데구치가 놀렸기에 닫혀 있던 문이 천천히 열려버렸다.

"사귀는 거 맞나? 가끔 그런 의문이 들 때가 있거든."

"야! 진심 같은 목소리로 진지한 이야기하지 말라고! 그럴 생각이 아니었으니까 내가 더 당황스럽다!"

옷을 반쯤 벗고 있던 데구치가 벗은 체육복을 내게 던졌다.

"그런 느낌이 들 때가 있다고."

그 체육복을 다시 던지자 놀리기만 할 생각이었던 데구치가 태도를 바꾸었다.

"어쩔 수 없지. 말해봐. 야한 이야기라면 더 좋고."

"너무 바빠서, 나하고 지금 사귀는 것도 그냥 친구 수준 아닌가 싶거든."

"이미 연예계에 들어간 거나 마찬가지니까."

"인터넷 드라마 오디션도 본다고 했고."

더 자세하게 말하자면, 주최 쪽에서 보러 와줬으면 좋겠다고 요청했다고 한다. 그러니 아마 보러 갈 것이다.

"아~. 그래, 그래. 타카양은 그렇게 여배우 지망생과 사귀고 있어서 힘들다~, 라는 말을 하고 싶은 거지?"

"대충 요약하지 마."

"내가 잘못했어."

"맞아."

"부정하라고. 아니, 부정해달라고."

평소처럼 대해주지 못한다는 걸 눈치챈 건지, 데구치도 내게 분위기를 맞춰주었다.

"그런 시기가 있는 것뿐이잖아. 클럽활동에서 대회를 앞두고 있을 때처럼 말이야. 거기에 집중하고 싶으니까 같이 집에 가지 못한다든가 연락하는 횟수를 줄이고 싶다는 거."

나는 그런 친구가 없어서 잘 모르겠지만, 데구치의 말에 따르면 자주 있는 패턴이라고 한다.

"뭐, 말은 그렇게 해도 클럽활동이 아니니까……. 활동을 그만두지 않는 이상 계속 그런 상황이 이어질 테고……. 인기 많잖아, '히나미'. 타카양만의 후시미 양이 아니게 되어버렸으니."

데구치는 자기가 한 말을 납득하는 듯이 고개를 끄덕이고 있었다.

"기운이 없었던 이유가 그거였구나."

데구치가 이해가 된다는 듯 내 어깨를 두드렸다.

"기운이 없었다고? 내가?"

"그래. 토리고에 씨하고 히메지마 양도 신경 쓰던데. 무슨 말을 해도 2학기 때와 비교하면 반응이 안 좋다고 해야 하나. 풀 죽은 것 같진 않지만, 평소 같지 않다고 해야 하나."

그게 세 사람의 공통 의견인 모양이었다.

다음 수업이 시작될 시간이었기에 나는 재빨리 내 체육복을 끌어안았다.

"이야기 들어줘서 고마워. 마음이 좀 편해졌네."

"그래. ……토리고에 씨나 히메지마 양이랑 의논해보지 그래? 남자 시점인 나하고만 이야기하는 건 좀 그렇잖아."

"그럴지도 모르지만……."

"둘 다 걱정하고 있어. 아무 말도 하지 않고 떠안고 있는 것보다는 큰맘 먹고 털어놓는 게 오히려 기쁘지 않을까."

마음 편히 웃은 데구치는 '나는 잘 모르겠지만'이라는 무책임한 한마디를 덧붙였다.

데구치의 조언을 들은 다음, 수업 중에 한참 생각한 나는 방과 후에 히메지와 토리고에에게 남아서 이야기를 들어달라고 했다.

처음에는 의아해하던 두 사람도 데구치에게 했던 이야기를 하자 표정이 서서히 진지해졌다.

둘 다 자기 자리에 앉아 있었고, 히메지는 팔짱을 끼고 다리를 꼰 상태로, 토리고에는 내 책상 위에 턱을 괴고 있었다.

"정말."

히메지가 그렇게 말하며 한숨을 쉬었다.

"누구에게 무슨 의논을 하려는 건지 알고 있긴 한가요?"

"나도 알아. 미안하다는 생각도 들고. 하지만, 히메지는 그쪽

업계 사람이라 무슨 사정인지 이해할 테고, 토리고에는 히나하고 사이가 제일 좋은 친구니까……, 가장 적합한 상대거든."

그게 두 사람과 의논해보자고 생각한 가장 큰 이유였다.

"타카모리 군은 친구가 거의 없으니까."

"맞아. 선택지가 별로 없다고, 나는."

"……히나가 그렇게 바빠질 줄은 저도 예상하지 못했어요. 보아하니 한동안은 계속 그럴 것 같은데요."

"노리고 대박을 내는 건 힘드니까, 히이나가 '가지고 있었던 것' 아닐까. 뭐, 그건 제쳐두고. 히이나의 목표는 타카모리 군도 알고 있었잖아. 언젠가 이렇게 될 가능성은 있었을 텐데."

내 가장 큰 약점을 제일 먼저 찌른 토리고에.

정론이었다. 여배우가 되는 것. 그 일 때문에 바빠질 가능성은, 히나를 선택한 이상 헤어지지 않는 한 계속 따라다니게 된다.

다시 말해 토리고에가 하고 싶은 말은 이미 알고 있었던 사실 아니냐는 것. 각오하고 있지 않았냐는 것이다.

"뭐라 할 말이 없네……. 응원하고 있긴 하고, 활약해줬으면 좋겠다고 생각했는데 말이지."

연인이 되었는데도 고2 이전 같은 관계로 다시 돌아가게 될 줄은 몰랐다.

"싫으면 헤어지지 그래요."

"히메지. 그러고 싶지 않으니까 이렇게 의논하는 거야."

"저도 알아요. 농담이라고요, 농담."

시시하다는 듯이 다시 한숨을 쉰 히메지.

"히이나는 타카모리 군이 위화감을 품고 있다는 걸 알고 있어?"

"제대로 이야기하진 않았어. 이야기해서 어떻게 될 만한 것도 아닐 테고, 곤란하게 만들고 싶지 않거든."

각오를 하지 못했던 내가 떼를 쓰는 것에 불과하다. 그렇게 느끼고 있는 반면, 활약하는 걸 기쁘게 느끼고 있기도 하다.

히나는 오늘 일 때문에 학교를 조퇴했다.

"나 혼자 고집 부리면서 묶어둬도 되는 애가 아니잖아, 히나는."

어쩌면 우리 아버지도 이런 심정이었을지도 모른다.

잠시 후, 토리고에가 입을 열었다.

"저기, 그냥 헤어지면 되잖아."

"시즈카 양? 좀 전에 자기가 한 말을 기억하고 있나요?"

"농담이라고."

"히나는 지금이 전성기니까요. 아마 더 바빠지겠죠. 이런 식으로 말하면 좀 그럴지도 모르겠지만, 연인이라고는 해도 료는 계속 찬밥 신세일 거예요."

그걸 견딜 수 있겠냐, 히메지는 은근히 그런 눈치를 주었다.

◆후시미 히나◆

"여기?"

"맞아요. 감사합니다."

학교 뒤쪽에 있는 방문객용 주차 공간에 매니저인 모리 씨가 차를 세웠다.

"그래~, 고생했어. 자잘한 것들은 나중에 연락해서 말할게."

"네. 감사합니다. 고생하셨어요."

나는 차에서 내려서 살짝 고개를 숙여 인사한 다음, 걸어가기 시작했다.

일이 조금 일찍 끝난 데다 료 군에게 반 일을 전부 떠넘기는 건 미안했기에 학교로 돌아온 것이다.

들어줬으면 하는 이야기가 잔뜩 있다.

차 안에서 정리해서 메모했다. 일 이야기. 거기서 만난 사람 이야기. 전부, 전부, 그때 료 군이 등을 밀어준 덕분에 지금 내가 있다.

학생용 입구 쪽으로 돌아가서 로퍼를 실내화로 갈아 신었다.

만에 하나를 대비해서 확인해보니 료 군은 아직 학교에 있는 것 같았다.

수업이 끝난 지 시간이 얼마 지나지 않았으니까, 지금은 혼자서 학급 일지라도 쓰고 있을 것이다.

조용해진 복도에는 내 발소리가 잘 울렸다. 교실이 가까워지자 조용히 이야기를 나누는 목소리가 들렸다.

료 군 말고도 누군가가 있다. 여자애. 아마 아이와 시이일 것이다. 분명 그 둘이 학급 일지를 쓰는 걸 도와주고 있는 거겠지.

더 다가가보니 이야기 내용이 들렸다.

"싫으면 헤어지지 그래요."

———어?

누군가가 심장을 꽉 잡은 것처럼 가슴이 답답해졌다.

확실하게 들린 건 아이의 목소리였다.

무슨 이야기를 하는 거야?

나는 몇 발짝만에 교실로 들어갈 수 있는 거리에서 멈춰 서버렸다.

예상하지 못한 충격 때문에 그 이후로는 무슨 이야기를 하는 건지 듣지 못했다.

머릿속에 좀 전에 들은 말이 반복해서 재생되었다.

료 군이 나와 헤어지기 위해서 그 두 사람하고 의논하고 있나?

호흡이 얕고 짧아졌다.

두 사람이 료 군을 그렇게 유도하고 있는 걸까……? 라이벌이긴 했지만, 그런 짓을 할 사람들이 아니라는 건 나도 잘 알고 있다.

그렇다면, 역시 료 군이———.

여기서 떠나고 싶다. 하지만 다리가 움직여주지 않았다. 료 군이 확실하게 부정하는 말을 해주기만을 기다리고 있었다.

"나 혼자 고집 부리면서 묶어둬도 되는 애가 아니잖아, 히나는."

몸에서 힘이 빠져나갔다.

부정해주지 않았다.

나와의 연인 관계가 무거운 짐이 되어버린 거야?

늦은 밤에 집에 와서, 아침에 일어나면 료 군네 집에 간다.

일의 내용은 말할 수 없었다. 정보 유출은 엄하게 금지되어 있고, 원인이 뭐가 될지 모른다고 매번 귀가 따갑게 들었기 때문이다. 하지만 인터넷 드라마만은 응원해주고 있는 료 군에게 무심코 말해버렸다.

아침 등교 시간, 료 군은 분명 재미가 없었을 것이다.

저번 달과 이번 달, 사귀는 방식이 크게 바뀌어버렸다.

제대로 데이트도 하지 못하고, 이야기도 잘 나누지 못하는 이런 여자친구와 함께 있더라도 료 군은 즐겁지 않았을지도 모른다.

"저기, 그냥 헤어지면 되잖아."

잠시 후, 시이가 그렇게 말했다.

시야가 눈물 때문에 흐려졌다. 더 이상 여기에 있을 수는 없었다. 나는 돌아서서 뛰어 도망쳤다. 료 군에게 받은 실버 네클리스가 매우 차갑게 느껴졌다.

◆타카모리 료◆

의논을 해봤는데도 긍정적인 해결책을 얻을 수는 없었다.

싫으면 헤어져라. 두 사람이 한 말은 극단적이긴 했지만, 솔직히 틀린 말은 아닌 것 같았다. ……아니, 역시 너무 극단적이네.

이번 건에 대해 둘이 마음속으로 어떻게 생각한 건지는 모르겠지만, 나는 계속 짊어지고 있던 부담이 줄어들고 마음이 편해졌다는 게 느껴졌다.

다른 사람에게 이야기하는 것도 중요하구나. 그 사실을 몸소 깨달았다.

생각만 하다 보면 계속 같은 자리만 맴돌게 되고 새로운 견해에 도달할 수 없다.

그래도 헤어지라는 말은 신선한 느낌을 주었다. 충격적이긴 했지만.

의논을 한 다음 집으로 돌아와보니 문앞에 히나가 있었다.

"어라? 일하러 간 거 아니었어?"

"일찍 끝났어."

그러면 미리 연락이라도 해주지.

뭐, 상관없어.

"모처럼 왔으니까, 들어올래?"

내 걱정은 기우로 끝날 것 같다.

그렇게 기대했을 때였다.

"아니, ……료 군, 저기 말이야."

오랜만에 둘이서 느긋하게 지낼 시간이 생기나 싶었는데, 히나는 그렇게 생각하지 않았던 모양이다.

그녀의 심각한 표정을 보고 나는 기분 나쁜 예감을 받았다.

기우로 끝나지 않을 모양이다.

히나가 뜸을 잔뜩 들였다.

무슨 말을 하려는 걸까. 나는 그만큼 긴장했다. 뜸을 들이는 시간에 비례해서 다음에 꺼낼 말이 무거워질 것 같았다.

"……아침에, 학교 같이 못 갈지도 몰라."

"아, 그래. 아침. 아침 말이지, 응, 오케이, 알겠어."

"일 때문에 밤에 늦게 올 때도 있으니까, 아침에 기다리게 할 것 같아서."

"그, 그렇구나."

우리 집에 오는 시간은 항상 아슬아슬하게 지각하지 않는 시간이었다. 그건 히나가 내게 맞춰주고 있기 때문이다.

히나가 늦게 오면 내 지각은 확정이다. 방금 한 말은 나를 신경 써서 해준 말일 것이다.

하지만 결국 지각하지 않고 학교에 갈 생각이라면, 나와 비슷한 시간에 집을 나설 필요가 있다. 전철을 일찍 탄다는 건가 싫어도, 지금 학교에 일찍 가고 싶어할 이유는 딱히 없을 텐데.

그러니까 나를 기다리게 하는 게 미안하다는 건 분명 핑계일 것이다.

왜 그래? 라고 말할 걸 그랬다. 무슨 일 있었어? 라고도.

하지만 이 이상 떠보게 되면 섬세하고 예민한 화약고에 충격을 주게 될 것 같아서 겁이 났다.

지금은 폭발하지 않은 것으로 만족하고 넘어가야겠다.

"그 말을 하러 왔어. 미안해. 메시지로 해도 되는데."

"아니, 그렇지 않아. 일부러……, 저기……."

뭐라도 다른 얘기를 해야 하는데.

내가 화제를 생각하고 있자니 히나가 내 옆을 지나쳐서 자기 집 쪽으로 걸어갔다.

괴로운 듯한 옆얼굴과 슬픔에 잠긴 눈.

오랫동안 함께 지내서 그런지 알아볼 수 있었다.

저런 표정은 본 적 없다.

아마 저렇게 만든 사람은 나일 것이다.

무심코 주먹으로 문을 쳤다.

나는 헤어지고 싶다고 생각한 적이 없다.

하지만, 히나는 어떨까.

"우리가 언제 이렇게 거리감을 두고 이야기했지?"

말을 함부로 하지 않게끔 조심하니 무난한 이야기밖에 하지 못했다.

"뭔가 소리가 났나 싶었는데, 오빠야였네."

마나가 창문 밖으로 고개를 내밀었다.

"안 들어와? 춥잖아."

"그러게."

건성으로 대답하고 안으로 들어갔다. 거실에 고개를 내밀어보니 앞치마 차림인 마나가 한가하다는 듯이 휴대폰을 만지작거리고 있었다.

"뭐 해?"

"초콜릿을 시험 삼아 만들어보고 있어. 맛 볼래?"

"그럼, 조금만."

"오빠야도 만들래?"

"어?"

"여자에게 받는 게 정석이긴 하지만, 우리 반 남자들 중에는 자기가 준다는 사람도 꽤 있는 것 같아. 고백의 계기도 되고. 뭐, 우리는 3학년이니까 같은 고등학교에 가지 않으면 얼굴도 못 보게 되지만 말이지~."

"아……."

"뭐, 올해는 히나에게 받겠지만 말이야."

글쎄.

분위기를 보면 사귀기 시작했을 때 같은 텐션으로, 아무렇지 않게 초콜릿을 줄 것 같진 않다.

솔직히 말해봤자 마나에게 걱정을 끼칠 뿐일 테니 이야기를 꺼내지는 않았다.

좀 전에 만들었던 상담용 단체 채팅방에 메시지를 보냈다.

『초콜릿을 주는 것도 괜찮을까?』

멤버는 나와 히메지, 토리고에, 이렇게 세 명.

『괜찮지 않을까요? 저는 기쁠 것 같아요.』

『나도 마찬가지야.』

금방 답장이 왔다.

"나도 만들어볼까."

"오빠야, 진심이네~."

응? 응? 하며 마나가 데구치처럼 놀려댔다.

"그럼, 내가 만드는 법을 가르쳐줄게."

"엄청나게 든든한데."

"이히히. 당연하지."

마나가 좋은 일은 서두르라는 듯이 나를 다이닝 룸으로 끌고 갔다.

14일은 일요일이기 때문에 주말인 금요일이 학교에서 초콜릿을 줄 수 있는 마지막 날이다.

모든 남자애들이 왠지 들떠 있었고, 여자애들의 일거수일투족에 눈을 빛내고 있었다.

작년에는 나도 비슷하게 행동했는데, 올해는 주는 쪽이 될 줄은 몰랐다.

그 때문에 아침부터 긴장하고 있다.

마나의 감독 아래 만든 초콜릿이 맛없을 리가 없다. 그것만은 자신이 있었다.

인기척이 없는 곳에서 여자애가 남자애에게 초콜릿을 주는 모습을 이미 몇 번이나 보았다.

그러고 보니 나는 정식으로 고백한 게 아니다. 일반적인 순서를 거쳤다면 긴장했을 것 같다.

대각선 앞자리에 앉은 데구치는 다른 남자애들과 이야기를 나누며 정보를 수집하고 있었다. 머리를 감싸쥐거나, 포기하거나, 그럼에도 불구하고 포기하지 않고 멋진 표정으로 기다리는 등, 바빠보였다.

"줄 건가요?"

옆자리에 있던 히메지가 말을 걸었다.

"그럴 생각이야."

"발정기인 사춘기 때는 발렌타인 데이라는 것만으로도 이렇게 안절부절 못하나 보네요."

"그야 그렇지."

남자들은 다들 안절부절못하게 된다고. 누군가가 고백할지 모른다고 생각하면 눈앞이 핑크색으로 변한단 말이야. 그리고 말이지, 주는 쪽도 안절부절못하게 되는 거다.

히메지는 이미 여자애들에게 받은 초콜릿과 과자 때문에 종이 봉투가 가득 찼다.

"어째서 성격이 이런데 히메지에게 초콜릿을 주는 걸까."

"방금 뭐라고 했죠?"

"아무것도 아니야."

나는 그렇게 말하며 도망쳤다.

"이봐~. 토리고에 씨이~. 내 초콜릿은 없어?"

"없어."

"아~. 정말 힘든 세상이네~."

"왜 있을 거라 생각한 건데?"

"의리 초콜릿 정도는 기대해도 되잖아……, 나와 토리고에 씨 사이에."

"어? 미안, 뭐라고?"

"이야기 좀 들으라고!"

앞자리에서 눈을 흘기고 있는 토리고에와 풀 죽은 데구치는 오늘도 사이가 좋은 것 같았다.

히나도 예전에는 히메지처럼 초콜릿을 많이 받았지만, 상황을 살펴보니 아직 안 받은 것 같았다.

『방과 후에 시간 있어?』

히나가 보낸 메시지를 보고 무심코 그녀의 자리를 보니 이미 비어 있었다.

이렇게 말하는 걸 보니 주려는 건가……?

'있어', 나는 곧바로 그렇게 답장을 보냈다. 말을 꺼낼 수고를 덜게 되어서 다행이다.

"히나가 초콜릿을 주려는 것 같아."

"아, 그런가요."

히메지는 마음에 들지 않는다는 듯이 말했다.

"실룩거리는 표정 좀 그만할래요?"

"안 그랬거든?"

"이런 미소녀를 앞에 두고 알아보기 쉽게 실실거리다니……."

나는 두 손으로 볼을 주물러서 원래대로 되돌렸다. 그렇게 이상한 표정을 지을 생각은 없었는데 말이지.

"잘됐네요."

마나가 봐줬으니까 내 초콜릿이 더 맛있을지도 모른다. 교환하고 나서 비교하며 먹어보기도 해야지.

방금 한 얘기는 히메지를 통해 토리고에에게 전달되었다. 나한테 할 말은 없는지 말을 걸진 않았다.

방과 후가 되자 학급 임원 일이 끝났고, 이제 학급 일지를 담임 선생님에게 가져다 주는 것만 남았다.

"료 군."

"아, 어어."

히나가 말을 고르는 듯 생각에 잠겼다.

기다리고 있자니 그녀가 드디어 말을 꺼냈다.

"생각해 봤는데 말이지."

어라……, 이야기의 도입부가 뭔가 아닌데.

내가 예상했던 느낌하고는 다르다.

"왠지, 알 수가 없어져버렸어."

히나가 울상을 지으면서도 겨우 미소를 보였다.

긍정적인 내용이 아니라는 것 정도는 표정만 봐도 알 수 있다.

"아, 알 수가 없다니, 뭐가?"

어렴풋한 위화감이 기분 나쁜 예감으로 바뀌어, 발치에서 온몸을 휘감는 것 같았다.

"나는 좋아하는데, 료 군은 그렇지 않을지도 모른다고, 요즘 계속 그런 생각이 들어서."

"어, 아니, 왜 그렇게 되는 건데."

"아이하고 시이랑 이야기를 나눌 때가 더 즐거워보이니까."

"아니, 아니, 친구니까 그런 순간 정도는 있을 수 있잖아. 그건 히나도 마찬가지일 테고……, 갑자기 무슨 소릴 하는 거야……."

내게 있어서 청천벽력 같은 이야기라 해도 히나에게는 계속 느끼고 있었던 사실일 것이다.

자리가 멀리 떨어지고, 일이 바빠지고, 히나와 대화하는 시간이 줄어들고, 연락하는 빈도가 줄어들고, 점점 무슨 이야기를 해야 할지 모르게 된 것도 사실이었다.

"그러니까, 우리 관계는 조금 쉬지 않을래?"

힘없이 떨리는 목소리.

눈물을 흘리진 않았지만, 그녀의 메마른 입술은 울고 있는 것 같았다.

"초콜릿을 만들었어. 히나에게 주려고."

나는 이야기의 흐름을 무시하고 내 용건을 말했다. 화제를 돌리는 게 너무나도 서투르다.

나도 무슨 말을 하는 건지 잘 모르겠고, 무슨 말을 해야 할지도 잘 모르겠다.

곧바로 꺼낼 수 있게끔 준비해 두었던 포장된 초콜릿을, 나는 찾는 척하며 시간 끌기에 썼다.

"료 군."

"―――어째서 그렇게 되는 건지, 전혀 이해가 안 돼."

내가 잡고 있던 포장지가 콰직, 작은 소리를 냈다.

"히나 일에 내가 방해되는 거야?"

"그런 거 아니야! 그렇지 않아!"

"그럼, 왜!"

"좋아하는데, 잘 사귈 수 있을 것 같지가 않아."

"잘 사귄다는 게 뭔데."

"……미안. 미안해. ……나, 머리를 식힐 기간이 필요해서……, 일 때문에 머리가 가득 차버려서. 뭐가 뭔지 알 수가 없어서…….

더 이상 파고들지 말아줘. 그렇게 말하는 듯한, 선을 긋는 소리가 들렸다.

다시 사과한 히나가 가방을 들고 교실에서 나갔다.

의자에 앉아서 멍하니 있자니 복도 쪽에서 이야기를 나누는 목소리가 들렸다.

조용히 속삭이며 말하는 여자애 목소리였다.

"몰래 훔쳐들어서 미안해. 타카모리 군이 좀 걱정되어서 상황을 살펴보러 왔는데 이렇게 될 줄은 몰랐어."

"……미안해, 나, 집에 가야 해서."

"──잠깐만요. 어떻게 된 건지 설명해 주실래요?"

토리고에와 히나, 그리고 히메지의 목소리였다.

"어째서 아이에게 설명해야만 하는 건데?"

"료는 히나 때문에 고민했고, 오늘 방과 후에도 초콜릿을 받을 줄 알고……."

"아, 그런 거였구나. 그래서 아이랑 시이가 방과 후에 남아서 이야기를 하고 있었구나. 그렇게 료 군을 부추긴 거야?"

"부추겼다고? 그게 무슨 소리야."

"둘러대지 마! 둘이서 료 군을 부추겼잖아! 나도 다 들었다고!"

절규하는 히나의 목소리가 복도에 울렸다.

"헤어지지 그러냐고 부추겼잖아."

"듣고 있었나요? ……저희는 곧바로 농담이라고 정정했어요. 그건 못 들었나요? 참 형편좋은 귀네요. 남 탓이 하고 싶은 거군요?"

짜악, 부풀린 종이 봉투를 단숨에 짓누른 듯한 소리가 들렸다.

"윽……, 정곡을 찔린 거네요?"

다시 똑같은 소리가 날카롭게 울렸다.

"잠깐만, 둘 다 그만해."

"이 애는 일이다 뭐다, 방패로 내세우면서 떼쓰는 거라고요. 료가 참아주니까 계속 기대기만 하고, 지금 료가 어떤 심정인지 알지도 못하면서!"

"말로는 뭐든 못하겠어. 아이는 지금 바쁘지도 않으면서."

"네에?"

아무리 그래도 더 이상 듣고 있기만 할 순 없다.

나는 일어서서 복도로 나갔다.

가보니 역시나 소꿉친구 둘이서 몸싸움을 벌이고 있었고, 토리고에가 당황한 듯이 안절부절못하고 있었다.

"둘 다, 그만해. 스톱, 스톱."

토리고에가 말리는 목소리도 들리지 않는 듯하다.

"싸우지 말라고."

두 사람의 몸싸움은 내가 물리적으로 끼어들고 나서야 끝났다.

어깨를 들썩이며 교복과 머리카락이 흐트러진 두 사람. 양쪽 다 한쪽 볼이 빨개진 상태였다.

휘익, 손바닥이 날아들었다. 히메지가 짜악, 내 뺨을 때린 것이다.

"아얏?! 무, 무슨 짓이야."

"죄송해요. 기세를 못 이겼네요."

"때린 걸 사과하라고."

"료 때문이기도 하니까 상관없잖아요."

"상관이 왜 없어."

내가 히메지를 나무라고 있자니 토리고에도 히나를 나무라고 있었다.

"히이나는 정말 그래도 괜찮다고 생각해?"

"어설프게 사귀어봤자, 우리 두 사람에게 도움이 되지 않을 거라 생각했으니까."

내 뒤에서 히나와 마주 보고 있던 토리고에가 조용히 말했다.

"선택받았으면, 행복해지라고. '내가 더 나았을 텐데'. 우리한테 그런 생각을 하게 만들지 말아줘."

히나는 대답하지 않았고, 토리고에가 히메지를 데리고 떠나갔다.

남겨진 우리는 함께 학교를 나섰다.

이렇게 된 김에 지금까지 물어보지 않았던 것을 물어보기로 했다.

"관계를 쉬자는 건 무슨 뜻이야?"

"일시 동결, 같은 느낌."

"그렇구나……."

"미안해."

이제 막 시작한 일 때문에 바쁘게 지내다 보면 멘탈이든 체력이든 부담이 클 것이다. 히나는 모범생이니, 지금은 기대에 부응하려고 필사적일 것 같다.

"료 군이 싫지만 않다면, 일단락될 때까지 기다려줬으면 좋겠어."

"알겠어."

"……그렇게 쉽사리 결정해도 되는 거야?"

"응."

내게는 선택지가 없다. 결론은 하나뿐이다.

"아이나 시이로 갈아타지 않을 거야?"

"안 갈아타."

"정말로?"

"정말로."

"다른 여자애들에게로 갈아타지 않을 거야?"

"안 갈아타. 그럴 만한 재주도 없다고. ……기다릴게. 그만큼 열심히 해줘."

"고마워, 료 군."

이제야 예전의 그 미소를 볼 수 있게 되었다.

일단락되는 게 언제일까.

그런 생각이 들었지만, 소리 내어 말하지는 않았다.

일단락되고 나서도 히나의 마음이 바뀌어서 내 곁으로 돌아오지 않을 가능성도 있다.

그걸 상상하기만 해도 괴롭고, 별로 깊게 생각하고 싶지도 않지만, 기다리기로 결심했다.

동결이 해제되었을 때, 어떻게 될지는 모른다.

지금 내가 할 수 있는 거라고는 히나를 응원하고 기다리는 것밖에 없으니 어쩔 수 없을 것이다. 만에 하나를 대비해서 마음의 준비도 할 수 있을 것 같긴 하다.

……이틀 뒤, 14일.

우리 집 우편함에 선물이 와 있었다.

"오빠야? 뭔가 들어있던데."

마나가 신문과 함께 테이블 위에 그것을 올려놓았다.

"이게 뭐지?"

"뭐어~? 당연히 초콜릿이겠지."

"안 보고도 알 수 있어?"

"아니, 14일이잖아. 히나가 있는데 다른 여자애에게 초콜릿을 받다니."

마나는 내가 이미 히나에게 초콜릿을 받은 줄 알았던 모양이다.

마나에게는 히나 이야기를 하지 않았다. 그 이름을 들으니 가슴이 조금 따끔거렸다.

무슨 일이 있었는지 설명하면 히메지처럼 화를 내거나 어쩔 수 없다면서 나를 위로해줄지도 모른다. 혹시나 히나를 나쁜 사람 취급할지도 모른다고 생각하니 말을 꺼낼 수가 없었다.

포장지를 뜯어보니 가게에서 파는 게 아니라는 걸 알 수 있었다.

"아무리 봐도 손수 만든 진짜배기 초콜릿이네."

마나가 눈을 흘기며 나를 보고 있다.

"오빠야, 역시 인기 많구나."

바람을 피웠다는 결정적인 증거를 잡은 듯한 말투였다.

"그렇지 않아."

말은 그렇게 했는데, 만약에 고백하는 편지 같은 게 나오면 어쩌지?

포장지에 주소와 소인이 없는 걸 보니 우리 집 우편함에 직접 넣은 것 같다.

설마.

"나도 오빠야를 위해서 초콜릿을 만들었는데. 모르는 여자에게 주소를 들켰잖아! 어디서 뭘 하고 다니는 거야! 오빠야! 히나가 있는데!"

"그렇게 화내지 마."

안을 확인해보니 한입 크기 초콜릿 여섯 개와 작게 접힌 메모지가 들어 있었다.

"호, 호오……, 맛있을 것 같네."

'수수께끼의 여자'가 만든 과자를 본 마나는 그 솜씨에만큼은 경의를 표했다.

메모지에는 단 한 마디가 적혀 있었다.

『봄까지.』

"이게 뭐야. 무슨 뜻이지?"

"……글쎄."

나는 둘러댔다.

이걸 보낸 사람은, 아마———.

마나가 먼저 한 개 집어먹었다.

"아, 이놈! 내 건데."

"음. 맛도 괜찮네."

보낸 사람의 이름도 적혀 있지 않은 그 알 수 없는 초콜릿.

누구인지 알아볼 수 있게 힌트를 남겨둔 것도 그녀다운 방식이었다.

자기가 일시 동결하자고 말을 꺼냈기에 이름을 밝히고 당당하게 줄 수가 없었던 모양이다.

"마나가 만든 초콜릿도 먹고 싶은데~."

"좋아. 모처럼 만들었으니까 먹게 해줄게."

마나가 냉장고에서 꺼내온 것은 그렇게 자화자찬하던 생 초콜릿이었다.

"최고 최강으로 잘 만들어졌어. 먹고 놀라기나 해."

지금 먹고 싶었던 게 아닌데.

자신만만해하는 마나의 미소를 본 나는 그런 말을 꺼낼 수가 없었기에 포크로 하나를 찍어서 입에 넣었다.

부드럽게 녹아내린 초콜릿과 카카오 향기가 입속에 퍼졌고, 잠시 후에 딱 좋은 단맛이 혀에 남았다.

"우와, 맛있네!"

"그치~?"

이히히, 하고 마나가 매우 만족스러워했다.

"아, 맞다. 맞다. 어제 히나의 CM이 공개됐어. 새로 나온 거."

'히나미'의 열광적인 팬이 된 마나가 최신 정보를 가르쳐 주었다.

저번 달쯤에 촬영했던 거다. 그게 이제야 공개된 모양이었다.

마나가 휴대폰 화면을 옆으로 눕혀서 내게 보여주었다.

저번 WEB CM 제2탄으로, 히나가 서투른데도 귀엽다고 인터넷에서 칭찬받은 춤을 추면서 회사 이름을 반복하는 30초 정도의 동영상이었다.

"히나, 귀엽네. 이 사람이 오빠야의 여자친구라니~. 신기한 느낌이야. 화장이나 의상만 바꿔도 평소 히나랑 전혀 달라보이니까 대단하단 말이지~. 항상 입고 다니는 사복은 촌스럽고 웃긴데."

영화를 찍을 때도 헤어메이크와 의상을 담당해서 그런지, 그런 시점으로 보는 모양이었다.

"새로운 춤이 또 쇼츠로 유행하려나."

"임팩트가 첫 번째 영상을 뛰어넘진 못할 텐데."

"이렇게, 이렇게……."

마나가 영상을 보고 따라 하며 춤을 추려 하고 있었다.

어려운 동작은 아니었기에 마나도 금방 익혀서 흉내를 낼 수 있게 되었다.

"곡도 좀 특이하다고 해야 하나, 일부러 귀에 남게끔 해서 중독되게끔 계산한 거라고."

나도 내 시점으로 CM에 대해 말했는데, 무시당했다. 그런 건 안 물어봤다고?

다시 한번 재생된 화면 건너편에 있는 히나는, 마나 말대로 마치 다른 사람 같았다.

⑦ 봄까지

발끈한 히메지가 중얼거렸다.

"용서 못해요."

월요일.

등교해 보니 기분이 최악인 히메지가 옆에 있었다.

팔짱을 낀 채 미간을 찌푸리고는 허공을 노려보고 있었다.

"히나 말이야?"

물어봐줬으면 하는 것 같았기에 물어보니 그녀가 한숨을 쉬며 고개를 끄덕였다.

"대체 뭔데요, 그 태도."

"나 때문에 화를 내주는 건 기쁘긴 한데, 이쪽도 나름대로 정리됐으니까 괜찮아."

슬슬 말리지 않으면 사이가 틀어져버릴지도 모른다.

"뭘 그렇게 잘난 척하는데요."

"어?"

"그 애가 저한테 '한가하잖아'라고 했다고요. 저한테!"

그거였냐.

하긴, 그 말을 듣고 나서 뺨을 때렸으니까. 한가하다고 하진 않았지만, 뭐 마찬가지다.

그 말은 히메지의 역린을 건드리는 말이었던 모양이다.

"누구한테 그런 말을 하는 건데요! 누가! 누구한테! 그런 말을 하는 건데요! 마이너 사무소에서 우연히 한 번 대박을 친 여자가!"

콧김을 거세게 내뿜으며 화를 내는 히메지.

"화해해줄래? 그러면 히나도 사과할 테니까."

"싫어요. 때렸다고요. 미소녀의 얼굴을."

이런 식으로 자화자찬할 수 있는 히메지의 멘탈은 참 믿음직스럽다고 해야 하나, 어이가 없다고 해야 하나. 그야말로 강철이다.

"너도 때렸잖아."

"그쪽이 먼저 때렸어요."

"쌤쌤이야."

어차피 싸움은 둘 다 잘못이다.

"왜 또 싸우는 건데?"

토리고에가 등교했다.

"히메지에게 히나하고 싸웠으니까 화해하라고 하고 있었어."

"그런 건 싸움도 아니에요. 어렸을 때는 자주 그랬죠. 그러니까 화해할 사이도 아니에요."

흥, 하고 고개를 홱 돌린 히메지.

"보통은 이런 나이에 그런 식으로 싸우진 않아. 드라마도 아니고, 서로 뺨을 때리다니. 그런 건 프로레슬링에서나 볼 수 있는 거라고."

토리고에가 쿡쿡 웃었다.

"히이나는 너무 열심히 해버리는 애니까 지금은 정말 힘들 거야."

"시즈카 양은 히나 편이군요."

"히메지, 이야기를 복잡하게 만들지 마."

"저는 무슨 일이 있더라도 사과하지 않을 거예요."

흥, 그녀가 코웃음치고는 자리에서 일어섰다.

"어린애냐."

"어린애네…… 히메지는 그런 구석도 귀엽긴 하지만."

성격을 몰랐다면 어중간한 시기에 전학 온 수수께끼의 미소녀라고 생각했을 텐데 말이지. 성격을 몰랐다면. 성격을 몰랐다면…….

다른 남자애들이 보기에는 미스테리어스한 구석도 있어서 그런 부분이 히메지의 인기에 박차를 가하고 있다.

이야기가 끊기자 나는 정리해두었던 내 생각을 토리고에게 말했다.

"원래대로 돌아갈 수 없을지도 모르지만, 기다리기로 했어. 지금 내가 할 수 있는 건 그것뿐이니까."

"괜찮지 않을까? 히이나도 나름대로 생각한 끝에 내린 결론일 테고."

"의논 같은 것도 했어?"

"설마. 히이나는 아마 뭐든지 해내버리니까 혼자서 끌어안다가 폭발한 것 같아."

나는 데구치와 히메지, 토리고에게 히나에 대해 이야기를 했었다.

그러면서 생각이 정리되기도 했고, 마음이 편해지기도 했다.

하지만, 결과적으로 히나에게는 그럴 수 있는 상대가 없었다.

"내가 히이나 같은 상황이었다면, 아무리 사이가 좋다 하더라도 말할 수 없었을 것 같아. 여자친구가 된 사람이 여자친구가 되지 못한 사람에게 남자친구에 대한 고민상담을 하면 짜증나기만 할 거 아냐."

"……그럴지도 모르겠네."

토리고에 말고도 믿을 만한 친구가 있었으면 좋았을 텐데. 누구에게나 무난한 태도를 보이던 히나에게는 속을 터놓고 이야기할 만한 친구가 토리고에뿐이었다.

히메지는 조금 다른 친구다. 소꿉친구이면서 라이벌로 여기고 있다. 연애상담을 받아줄 만한 성격도 아니고.

"히메지 말대로 타카모리 군 때문이기도 하지만 말이지."

"그런 부분이 좀 있을지도 모르겠지만, 전부는 아니잖아."

"글쎄."

토리고에는 놀리는 듯이 어깨를 으쓱였다.

그렇게 나와 히나는 고2 이전 같은 사이로 돌아왔다.

동결이라고 해두었지만 실제로는 거의 엮이지 않았고, 이야기를 주고 받는 것도 학급 임원으로서 일을 할 때 정도였다.

교실에서 대화를 나누지 않는 건 물론이고, 메시지나 전화로 연락을 주고받지도 않게 되었다.

그 때문인지 히나와 내가 헤어졌다는 소문이 금방 퍼졌고, 쉬는 시간에 말을 걸러 가는 남자애들이 늘어났다.

다른 반이나 다른 학년 남자가 메모 같은 걸 건네는 모습을 본 적도 있었다.

어느새 보이지 않게 되었지만, 만약 예전과 같은 상황이라면 고백하기 위해 불러내려는 메모였을 것이다.

아무런 일도 일어나지 않고 평범한 학교 생활을 다시 보내게 될 거라고 생각했는데, 다른 남자가 접근한 탓에 신경이 곤두서게 되는 경우가 늘었다.

하지만 관계가 동결된 상황인 내가 끼어드는 건 아니다 싶었기에 보고도 못 본 척하면서 자중하고 있다.

히나와 히메지는 사과를 한 건지, 하지 않은 건지 모르겠지만, 자연스럽게 원래 사이로 돌아가 있었다.

그러고 보니 예전부터 저 두 사람은 싸우고 서로 사과를 하지 않았다. 이렇게 잊어버릴 때쯤이면 원래대로 돌아가 있을 뿐.

예전부터 그런 식으로 화해하는 모양이었다.

화이트데이가 되자 나는 토리고에게 크리스마스 선물의 답례를 하기로 했다.

주위에 다른 사람들이 없는 걸 본 뒤, 가방에서 포장된 상자를 꺼내 건넸다.

"토리고에. 이거."

"어?! 나, 나한테 주는 거야?!"

왠지 모르겠지만 당황하고 있었다.

"어. 어. 어. 왜, 왜?"

안절부절못하며 머리카락을 만지작거리고, 가슴 근처를 툭툭 두드리고, 심호흡을 하는 등 정신없는 모습이다.

"크리스마스에 선물을 받았는데 아무런 보답 같은 걸 못해서."

"으, 응."

눈가부터 볼까지 조금씩 빨개진 토리고에.

"그, 그래서?"

"……어? 그러니까 선물을 받고 아무런 보답도 못해서 미안했거든."

"……그, ……그게 다야?"

"응."

토리고에는 마치 공기가 빠져나가서 쭈그러든 것처럼 힘없이 의자에 앉았다.

"아, 그래……. 뭐, 그렇겠지."

그녀가 한숨을 크게 쉬고는 손을 대충 내밀었다.

"줘. 안에는 뭐가 들었는데?"

토리고에의 손 위에 상자를 올려놓자, 그녀가 포장지를 뜯었다. 나온 것은 접이식 키보드.

"아. 이거."

"평소에 어떻게 소설을 쓰는지는 잘 모르겠지만, 휴대폰하고 이게 있으면 도서관이나 카페에서도 쓸 수 있어."

"고마워. 이런 것까지 신경 쓸 수 있구나."

"나를 대체 뭘로 보는 거야."

토리고에가 준 머그컵이 실용적이면서도 꽤 편리했다는 걸 참고했다.

평소에 쓰기 편하고, 가격이 비싸지 않은 것.

"일반적인 키보드보다 크기가 작긴 하지만, 토리고에는 손이 작잖아?"

언제였나, 토리고에는 히나와 손을 마주대고 크기를 비교한 적이 있다. 몸집이 작은 토리고에는 히나보다 손이 작았고, 히나가 작아서 귀엽다고 했었다.

"이쪽이 더 쓰기 편하지 않을까 해서."

"그런 것까지 생각해줬구나."

휴우~, 하고 감탄한 듯이 목소리를 낸 토리고에는 곧바로 내용물에 자신의 손가락을 올려놓고 타건감을 확인했다.

"괜찮은 느낌이야."

"다행이네."

"고마워."

"됐어, 고맙다는 말은 좀 전에도 들었는데."

"아니야. 그게 아니라. 전부."

"전부?"

응, 토리고에가 그렇게 말하고 고개를 끄덕이고는 미소를 지었다.

"2학년이 되고, 이런저런 일들이 잔뜩 있었고, 힘들거나 슬펐던 적도 있었지만, 즐거웠어. 그건 분명히 타카모리 군하고 사이좋게 지낸 덕분일 거야."

그런 말을 들을 만한 행동을 한 기억은 없다.

정말로.

원망받더라도 어쩔 수 없는 짓을 했는데.

그렇게 생각하지 않는 건 토리고에의 성격이 좋기 때문 아닐까.

"타카모리 군이 없었다면, 나는 친구가 전혀 없는 아싸인 채로 고등학교 생활을 마쳤을 거야. 그러니까, 고맙다는 인사를 하고 싶어서."

"토리고에………, 곧 죽는 거야?"

엄청나게 사망 플래그 같은데.

"바보."

내가 놀렸다는 걸 눈치챈 토리고에가 후후, 소리내어 웃었다.

"모처럼 진지한 이야기를 하고 있는데."

"3학년이 되면 반이 바뀔지도 모르겠네."

나는 쑥스러워져서 화제를 돌렸다.

"다른 반이 될지도 모르겠어, 얼굴만 보고 고르는 녀석하고는."

"아직도 그런 말을 하는 거야? 그거 어감도 안 좋아."

"나도 그렇게 생각했어."

토리고에가 장난을 성공시킨 듯이 몸을 흔들며 신나게 웃었다.

봄방학까지 얼마 안 남았을 때.

내게 있어서는 아무것도 일상이지만, 마나에게 있어서는 빅 이벤트였던 입학 시험이 끝났다.

발표는 학교 게시판에 내걸리는 모양이었고, 당일이 휴일이었기에 우리 집 가족들과 토리고에까지 넷이서 보러 가기로 했다.

우리 가족 세 사람과 토리고에를 태운 차가 학교로 향하고 있었다.

"토리고에는 왜?"

"마나마나가 따라와 줬으면 좋겠다고 해서. 걱정이 되기도 했고, 여유로워 보이긴 해도 허세 같기도 했고."

"나하고 토리고에가 붙었으니까 마나는 괜찮겠지."

안 그래? 내가 그렇게 말하자 마나가 눈을 감고 손을 맞잡은 채 기도하는 포즈를 취하고 있었다.

"료는 이러쿵저러쿵해도 요령이 좋은 구석이 있으니까, 마나하고는 좀 다르단 말이지."

운전석에 있던 어머니가 그렇게 말했다.

그런가? 마나는 머리도 좋고 요령도 좋은 것 같은데.

학교에 도착하자 이미 중학생과 보호자로 보이는 어른들이 건물 입구 위쪽에 있는 커다란 게시판을 올려다보고 있었다.

"으으~. 시즈, 보고 와줘."

"마나, 괜찮아. 료도 붙었으니까."

"이봐. 그 말은 동시에 토리고에도 디스하는 말이라고."

"아, 나는 신경 쓰지 마."

토리고에가 수험표를 힘없이 쥐고 있던 마나의 손을 잡고 걷기 시작했다.

나와 어머니도 뒤를 따라, 사람들이 많이 모여있던 건물 입구 앞으로 갔다.

"마나마나, 번호 몇 번이야?"

마나는 구겨진 수험표를 토리고에에게 건넨 다음, 그녀를 마치 등신대 인형처럼 끌어안았다.

토리고에는 몸집이 작아서 키 차이가 조금 났기에 여동생으로
보이는 언니 같았다.

"시즈, 냄새 좋다."

"잠깐만, 킁킁거리지 마. 창피하니까."

토리고에가 든 수험표를 통해 번호를 확인한 나와 어머니도 게
시판을 올려다보았다.

"──아. 마나, 있다!"

"정말이네. 있어."

"마나, 있어! 봐, 저기."

"진짜로?!"

토리고에의 머리에 자기 얼굴을 묻고 있던 마나가 고개를 벌떡
들었다.

"있네! 완전 있어! 다행이야~."

"잘 부탁해, 후배."

토리고에가 돌아서서는 마나의 머리를 쓰다듬었다.

"시즈, 선배 같은 소릴 하고 있네."

"아니, 선배잖아."

나는 요즘 아무도 말을 하지 않게 된 단체 채팅방에 마나가 합
격했다는 소식을 알렸다.

데구치도, 히메지도, 히나도, 곧바로 축하한다는 답장을 보냈다.

마나와 어머니는 합격을 축하하기 위해 어디론가 식사를 하러
가자는 이야기를 나누고 있었고, 토리고에도 함께 가려는 것 같
았다.

다시 차에 타 있자니 토리고에가 채팅방을 확인하고는 조용히 말했다.

"또 여름에 다 같이 놀 수 있으려나."

"만약에 좀 그렇게 되면 나 없이 가줘."

"없으면 곤란한데. 나는."

그게 무슨 뜻인지 진심은 알 수 없지만, 응원해주는 것 같았다.

봄방학이 되자 주 5일로 아르바이트를 가서 업무를 처리했다.

새롭게 만들었다는 부서는 아트 디렉트 팀이라는 이름을 쓰게 되었고, 내 업무 중 8할이 그 영상 제작 업무였다.

"시시한 제안을 하네."

사내 회의를 마치고 돌아온 마츠다 씨가 힘차게 코웃음치며 말했다.

"무슨 일 있었나요?"

"아트 디렉트 팀을 맡긴 사람이 TV 디렉터 출신인데, 그 사람이 쿵을 자기 부하로 달라고 하더라고."

"그래요?"

마츠다 씨 말고도 회사 안에서 나를 높게 평가해주는 사람이 있다는 게 놀라웠다.

"영광이네요."

"무슨 소릴 하는 거니? 다른 사람에게 높은 평가를 받으면 내가 곤란한데."

마츠다 씨는 엄청나게 제멋대로 말하고 있었다.

"그래서 말이야, 내가 이렇게 말해줬지. '큥은 내 밑에서 빛나는 타입이야'라고 말이야."

"그럴 리가 있나요."

업무 능력을 높게 평가해주고 있다는 건 받고 있는 급료의 금액을 통해 알 수 있다. 거의 일반 회사원급으로 날마다 통장에 돈이 들어오고 있으니까.

"그렇게 제가 그만두지 못하게끔 꿍꿍이를 꾸미시는 거 아닌가요?"

"⋯⋯."

마츠다 씨가 한순간 말이 없더니 호호호, 웃으면서 등을 돌렸다.

정곡을 찌른 모양이었다. 한동안 그럴 예정은 없으니까 상관없지만.

"저기요~?! 제가 밖에서 기다리고 있는데요?"

히메지가 방 안으로 고개를 내밀었다.

내 아르바이트가 끝나려는 타이밍에 볼일이 있었던 히메지가 마침 사무소에 찾아왔기에, 함께 집에 가기로 한 게 10분 정도 전이었다.

"무서운 사람이 마중 나왔구나, 큥."

"마츠다 씨가 료에게 쓸데없는 이야기를 하니까 그렇죠."

"아니이, 큥이랑 수다를 떨면 재미있거든."

"나이 먹은 아저씨가 말투는 왜 그래요?"

"누가 아저씨인데에!"

눈을 부릅뜬 마츠다 씨.

안으로 들어온 히메지가 짐을 정리하고 있던 내 팔을 붙잡았다.

"가요, 료."

"어. 아. 어. ──마츠다 씨, 고생하셨어요."

"그래애~, 고생했어~."

급하게 사무소를 나선 뒤, 집에 가던 도중에 히메지가 중얼중얼 불평했다.

"다들 미적지근하다고요. 아이돌이 되는 게 결승점이라고 생각하는 녀석들뿐이에요."

얼마 전에 보았던 아이돌 오디션에서 무난하게 합격한 히메지는 레슨이 어떤 상황인지 말해주었다.

"너무 그러지 마."

"목표가 너무 낮다고요."

그러고 보니, 나는 히메지가 왜 연예 활동을 하고 있는지 모른다.

히나처럼 동경하는 사람이 있어서 흥미를 가지게 되었다는 흐름도 아니고, 동경하는 아이돌이 있었다는 이야기도 들어보지 못했다.

"히메지는 왜 연예계에 들어간 거야?"

"그 초보 중의 초보 같은 질문은 뭐죠?"

"들어본 적이 없었던 것 같아서."

"료를 만나기 위해서요."

"어?"

"헤어진 뒤에, 제가 유명해지면 다시 만날 수 있을 것 같아서요."

"......정말로?"

히메지는 내 얼굴을 힐끔 보고는 긍정 같기도 하고 부정 같기도 한 미소를 지었다.

"거짓말이에요."

그 말의 진위는 알 수 없었다.

"다른 이유도 있어요. 제가 얼마나 대단한지 알게 해주기 위해서예요."

누군가에게 미소를 주고 싶다거나 하는 훈훈한 목표는 기대도 안 했지만, 정말 대단하다고밖에 할 말이 없다.

"히메지답네."

자신이 대단하다는 게 확정되고 나서 정해진 목표. 자기평가가 만렙을 찍은 히메지답다고 할 수 있지 않을까.

히메지는 으스대는 표정을 바꾸지 않았다.

아직 뭔가 말할 셈이다.

"아니, 저 같은 애는 또 없으니까요."

그녀는 표정에서 마치 소리가 날 것 같은 느낌으로 말했다.

"어쩌다 한 번 대박난 여자와는 격이 다르죠."

아직 앙심을 품고 있네.

그런 히메지도, 가까운 라이벌이 히나라는 건 여전한 것 같았다.

"그렇게 얄팍하게 인기를 끌어봐야 금방 실력이 없다는 게 들통나서 버려지겠죠. 귀엽기만 한 애는 썩어 넘칠 정도로 많으니까, 금방 버려질 거예요."

히나에 대해 험담을 시키면 히메지보다 잘할 사람은 없을 것이다.

잠시 후, 히메지가 내 얼굴을 들여다보고는 씨익 웃었다.

"그러니까, 료는 앞으로 몇십 년 동안 저를 선택하지 않은 걸 후회하게 될 거예요."

"글쎄."

"……아. 이미 후회하고 있나요?"

"안 해."

타다닥, 몇 발짝 앞으로 걸어간 히메지가 이쪽을 돌아보았다.

"지금이 기회예요. 저를 뒤에서 꼬옥 끌어안고 '정말로 좋아하는 건 너야'라고 하면 료의 여자친구가 되어드릴게요. 덤으로 선택지를 잘못 고른 걸 용서해드리죠."

자신만만한 제안.

전부 '해주겠다'인 것도 히메지답다.

"뭐, 잘못 고른 것 자체는 영원히 잊지 않겠지만요."

조용히 무서운 말을 하는구나.

"시험에 들게 하지 마. 그리고 아마 잘못 고르지도 않았을 거야."

나는 그렇게 말한 다음, 옆에 나란히 섰다.

"바보네요, 정말."

히메지가 장난처럼 몸을 부딪혔다.

"만약에 이대로 자연소멸 같은 느낌이 되면, 그때는 위로해줘."

"싫어요."

"그렇겠지."

서로 쿡쿡 웃고 나서, 히메지는 조언을 해주었다.

"료. 고집을 부리도록 해요. 상대방을 신경 써주는 것만이 좋은 관계는 아니라고 생각해요."

곁눈질로 얼굴을 보니, 의외로 진지한 분위기였다.

뭐야, 너도 좋은 녀석이었어?

8 S급 미소녀를 구해주고 보니

봄까지라는 게 구체적으로 언제까지인지는 물어보지 않았다. 기다리겠다고 결심한 이상, 그런 부분을 건드릴 생각은 없었다. 아마 히나도 이렇게 계속 기다려주지 않았을까.

예전에 했던 약속을 계속 기억하면서, 내가 선택해줄 때까지 쭉. 그렇게 생각하니 몇 달 정도 기다리는 데도 딱히 저항은 없었다. 그래도 다른 반이 되면 더더욱 접점을 만들기 힘들어지겠는데.

봄방학이 끝나자 오랜만에 교복을 입었다.

내일 입학식인 마나는 받은 교복을 얼마나 맵시있게 입을지 고민하느라 여념이 없었고, 지금은 입을 필요가 전혀 없는데도 아침부터 전신거울 앞에서 이것저것 자잘하게 조정하고 있다.

벌써부터 고쳐 입어서 이미 신입생으로 보이지 않는다.

"오빠야. 내가 인기를 엄청 끌면 어떻게 할 거야?"

"응원할게."

"하지 마! 지켜주라고! 귀여운 여동생을!"

"그래, 그래. 오늘도 아침밥이 맛있더라. 고마워."

"흐흐. 다녀와."

마나는 입학 직전이라 들뜬 건지, 키스라도 해줄 듯이 신이 나 있었다.

다녀오겠습니다, 라고 대답하고는 집을 나섰다.

그 이후로 등교할 때 전철 안에서 가끔 히나를 보았다.

항상 같은 차량에 탔고, 눈이 마주치면 어떻게 해야 할지 알 수가 없었기에 같이 타더라도 멀찌감치 거리를 벌린 다음 누구와도 눈이 마주치지 않게 했다.

얼굴이 보이지 않았던 미소녀 같은 여자애를 구해준 게 작년 이 시기였다.

오늘은 좌석 끝과 끝 정도 거리를 두고 히나가 좌석의 기둥에 몸을 기댄 채 창밖을 바라보고 있다.

말을 걸 친구가 한 명 정도 있을 법도 한데, 방향이 달라서 그런지 항상 혼자였다.

히메지는 늦게 와서 이 전철을 타지 못하는 경우가 많았고, 타더라도 아슬아슬하게 탔기에 항상 다른 차량에 있었다.

스토커라는 의심을 받지 않게끔 히나 쪽을 최대한 보지 않으려고 애쓰고 있자니 남자 목소리가 들렸다.

"저기———, 저기요!"

꽤 큰 목소리였기에 주위의 시선이 쏠리고 있었다.

나도 무심코 그쪽을 보니 히나 옆에 남자가 서 있었다.

슈퍼의 옷 판매 코너에 있을 법한 어두운색 파카를 입은 통통한 남자였다. 휴대폰을 든 채 히나에게 뭔가 말을 걸고 있었다.

"히나미 맞죠? 저, 팬이거든요. 항상 그 CM을 보고 귀엽다고 느끼면서 힐링됐고요!"

"아~, 저기, 죄송해요. 아마 사람을 착각하신 것 같은데요……?"

곤란하다는 듯이 미소를 지으며 고개를 살짝 숙이고는 다시 창
밖을 보는 히나.

"그, 그럴 리가 없잖아. 거짓말하지 말라고. 이, 이 게시판에,
히나미 같은 애가, 이, 이 차량에 탔다고, 사진하고 같이 올라와
있으니까!"

남자는 휴대폰 화면에 떠 있는 무언가를 보여주기 위해 앞으로
내밀었다.

히나는 굳은 표정을 겨우 미소로 바꾸며 고개를 살짝 숙였다.

"저기, 죄송해요. 아닌 것 같은데요."

히나의 떨리는 목소리와 손이 눈에 들어왔다.

승차율은 100퍼센트 정도. 작년보다 걸어다니기 편한 차 안에
서, 나는 정신을 차리고 보니 발소리를 울리며 나아가고 있었다.
내 시야에 희미하게 붉은 필터가 낀 것처럼 보였다.

"거짓말이야, 거짓말. 그런 거짓말은 하지 말라고. 그렇게 남자
가 말을 걸어주길 기다리고 있는 거지! 들키고 싶지 않으면 변장
이라도 하라고!"

소리치는 남자와 어깨를 움츠리고 있는 히나.

나는 그 사이에 끼어들었다.

"아니라고 하잖아요."

뜻밖의 개입으로 인해 남자가 당황한 모양이었다.

"어? 뭐, 뭐야, 너."

"누구든 상관없잖아요. 다른 사람으로 착각했다는데 끈질기게
구니까 그렇죠."

속닥속닥, 주위 사람들이 눈살을 찌푸리며 뭔가 말하고 있었다.

같은 학교 학생도 있었지만, 사실대로 말하지 않아주었다.

"다음 역에서 내리시죠."

"뭐, 뭐냐고, 젠장, 손대지 마."

내가 손을 잡으려 하자, 남자는 내게서 도망치려는 듯이 몸을 비튼 다음 혀를 차고 다른 차량으로 빠르게 걸어갔다.

히나의 시선이 느껴졌다.

동결 기간인데 나선 걸 나무라는 걸까. 잘 모르기에 눈을 마주칠 수가 없었다.

"……미안."

뭐라 말해야 할지 알 수가 없어서 무심코 사과하는 말이 입밖으로 나왔다.

남자의 뒤를 따라가려 하자, 그녀가 내 소매를 잡았다.

"잠깐만."

히나가 멈춰선 내게 뭐라 말하려 하기도 전에, 처음부터 끝까지 보고 있었던 아주머니와 회사원 누님이 걱정스러운 듯이 히나에게 말을 걸었다.

"괜찮니?"

"무서웠지? 이상한 사람이 다 있네."

"아, 네. 괜찮아요. 죄송합니다, 걱정을 끼쳐드려서."

히나는 소매를 슬쩍 놓고는 그 두 사람과 이야기를 주고받았다.

그 남자가 보이지 않게 되어 안심하던 와중에 역에 정차했다.

학교에서 가장 가까운 역도 아닌데도 히나가 일단 내렸다. 피해 신고 같은 걸 할 생각인가?

히나가 이쪽을 힐끔 보았다. 내리는 게 나을 것 같다는 생각이 들었기에 나도 내렸다.

타는 사람도 내리는 사람도 거의 없는 역. 승강장 바로 옆에는 간소한 역 건물과 두 개뿐인 자동 개찰구. 역 건물 맞은편 로터리에는 들고양이가 두 마리 있었다.

"같이 내리진 않았겠지?"

그 남자가 없다는 걸 확인한 나는 조용히 중얼거렸다.

"고마워."

아무도 없는 승강장에서 히나가 그렇게 말했다.

"또 나를 구해줬네."

그 이후로 계기가 없어서 이야기를 나누지도 않았다. 하지만 우리는 다시 이상한 계기로 인해 이야기를 나누기 시작했다.

"……조심해야지? 작년하고는 다르니까."

"네~."

"그 녀석이 했던 말도 일리가 있는 것 같아. 일단은 널리 알려졌으니까 변장 정도는 좀 하는 게 낫겠어."

"응."

이렇게 잔소리 같은 걸 하고 싶었던 게 아니다.

"……다음 전철이 오면 타자. 지각하겠어."

나는 자연스럽게 이야기를 나눌 수 있는 게 뜻밖이라고 생각하며 휴대폰으로 시간을 확인했다.

"료 군, 내가 나온 그 WEB CM, 어땠어?"

"어떠냐니, 뭐가?"

"나, 어땠어?"

"그야, 괜찮은 느낌이었지."

"그게 다야?"

히나가 불만이라는 듯이 입술을 삐죽댔다. 이야기의 캐치볼이 너무 오랜만이라 히나가 원하는 공이 뭔지 금방 알아챌 수가 없었다.

"음……, 귀여운 것 같더라."

히나의 눈이 기대로 부풀었다.

"정말로? 그거 말이지. 카메라 건너편에 좋아하는 사람이 있다고 생각하고 춤을 춰보라고 했거든."

"그건, 저기."

답은 반쯤 나왔다. 하지만, 정말로 그런 건지 확신을 가질 수가 없었다.

히나가 나를 손가락으로 가리켰다. 나도 나 자신을 손가락으로 가리켰다.

쑥스러운 듯이 눈을 한 번 돌린 히나가 '료 군이야'라고 중얼거렸다.

"그래서 귀엽게 출 수 있었고, 귀엽게 찍혔던 거야."

사람들이 많이 탄 급행 전철이 풍압과 소리와 함께 지나쳤다.

전철이 싣고 온 건지, 벚꽃잎이 하늘하늘 발치에 떨어졌다.

"지금도 아직 그 동결 기간 중일지도 모르겠지만."

나는 이렇게 된 김에 내가 생각하고 있는 것들을 전하기로 했다.

"생각해봤거든. 이것저것. 예전에는 답답했던 것도 많았고, 사귀는 사이라 해도 내가 기타 등등 중 한 명 아닌가 하고 느낄 때가 있었어."

히나는 고개를 저었다. 그렇지 않다는 말을 하고 싶은 모양이었다. 그대로 돌아섰다.

"미안해. 제대로 하지 못해서."

목소리가 떨리고 있었다.

손을 얼굴 근처로 가져다 대는 모습에, 울고 있다는 걸 알 수 있었다.

"냉정해질 시간이 생겨서, 확실하게 정리할 수 있었어."

코를 훌쩍이는 소리가 들렸다.

아마 말한 적 없지 않았을까.

학교 축제 후야제 때 데리러 가는 걸로 의사표시를 했지만, 소리 내어 말하지는 않았다.

좋아하지 않으면 하지 못할 행동도 많이 했다.

그래서 알고 있을 거라고, 나는 그렇게 응석을 부리고 있었다.

예전에 히나가 내게 말한 적이 없지 않냐고 물어본 적이 있었다.

그때는 전혀 이해하지 못했는데, 어쩌면 내 말로 확실하게 의사표시를 해줬으면 했던 게 아닐까————.

"히나."

내가 불렀는데도 그녀는 이쪽을 돌아봐주지 않았다.

나는 먼저 다가가서, 불안해 보이는 그 가녀린 몸을 뒤에서 끌어안았다.

"좋아해. 나. 너를."

눈가를 손가락으로 닦은 히나가 고개를 천천히 몇 번 끄덕였다.

"기다릴 테니까. 봄까지라거나, 일단락될 때까지라거나, 굳이 기간을 정하진 않을게. 기다릴 거야."

그렇게 말한 다음, 쓴웃음을 지었다.

만약에 그때 히나의 마음이 바뀌더라도 받아들일 각오도 되어 있다.

"고마워, 료 군. 말을 전혀 안 해주니까. 나를 선택한 걸 사실 후회하는 게 아닐까 하고 불안해져서……, 일도 바쁘고, 점점 겁이 나서 말도 제대로 못하겠고."

"미안해. 지금까지 기다리게 해서."

히나가 몸을 움직였기에 팔을 풀었다.

이쪽으로 돌아선 히나가 똑바로 나를 바라보았다.

입술을 꾹 다문 채 빨개진 눈가에서 마치 유성처럼 눈물이 볼을 타고 흘러내렸다.

"나도. 좋아해, 료 군."

"나도. 어렸을 때부터."

히나가 눈을 슬쩍 가늘게 떴다.

"거짓말. 료 군, 아이를 좋아했던 시기가 있었잖아."

"……."

그랬지.

진지한 이야기에 찬물을 끼얹은 기분이었다.

말이 그렇다는 거지.

좋아하는 상대가 히메지로 바뀌었던 것에 대해 앙심을 품고 있었던 모양이다.

"아니, 저기, 그건, 아시하라 씨가 나한테 이상한 소릴 하니까."

울상이 무너지고 미소가 드러났다.

"미안. 심술궂었지."

전철이 도착한다는 기계적인 안내 방송이 반복되었다.

"나는, 어머니처럼 되지 않을 거고, 되지도 못해. 쉬자고 말한 건 나인데도 료 군의 얼굴을 보고 싶었고, 이야기도 잔뜩 나누고 싶었고, 키스도 잔뜩 하고 싶었어. 마구 응석을 부리고 싶었어."

그녀가 말을 마치고 쓴웃음을 지었다.

"내 마음속에서 가장 소중한 게 뭔지 알게 되었어. 연기만 바라보면서 금욕적으로 나아가기만 하는 거, 난 못할 것 같아. 오늘로 쉬는 건 끝이야."

근처에 있던 건널목 경보기가 울리고 차단기가 내려왔다.

전철 소리가 다가왔다.

"이미 내 안은 텅 비어서, 특정한 사람과 함께 있지 않으면 충전되질 않아."

내 안에 있던 공백이 채워지기 시작했다.

바로 앞에서 바라본 그녀의 표정에, 방울이 울리는 듯한 목소리에, 동그란 눈에, 봄 햇살을 부드럽게 반사하는 머리카락에, 잡은 손에.

시야에 들어온 전철이 점점 크게 보이기 시작했다.

내 어깨에 손을 얹은 히나가 발돋움했다.

얼굴이 천천히 다가와 입술이 살며시 맞닿았다.

아쉬운 듯이 멀어지나 싶더니, 그녀는 마지막으로 다시 한번 키스했다.

승강장으로 들어온 전철의 문이 열렸다. 안에는 우리 학교 학생들이 여러 명 타고 있었다.

"다른 사람들이 봐 버렸을지도 모르겠네."

"무조건 봤을걸."

"후후후. 뭐, 상관없잖아."

히나가 한껏 밝은 미소를 짓고는 잡은 손을 끌어당기며 전철에 탔다.

"료 군, 가자."

타고 보니 다른 승객들이 빤히 바라보았다는 건 굳이 말할 필요도 없을 것이다.

학교에 도착해서 반 배정표를 확인하고는 익숙하지 않은 신발장에 운동화를 집어넣었다.

교실로 들어가서 좌석표를 보고는 자리에 앉았다.

히나가 언젠가 그랬듯이, 옆에 앉았다.

"또 1년 동안……, 아니. 1년이 아니라, 앞으로 쭈욱, 잘 부탁해."

"나야말로."

내가 전철 안에서 구해준 S급 미소녀는 옆자리에 앉은 소꿉친구였고, 내 여자친구였다.

　우리의 관계는 원래대로 돌아왔다. 아니, 한 발짝 후퇴했다가 두 발짝 전진한 건지도 모르겠다.

　생각하다가 깨달았다.

　나는 히나가 곁에 있으면 그것만으로도 충분하구나.

후기

안녕하세요. 켄노지입니다.

이것으로 일단 시리즈가 끝났습니다. 어떠셨는지요.

납득이 되게끔 마무리했다고 생각합니다만, 시리즈 전체적인 소감을 따지면 역부족을 통감하고 있습니다.

그때마다 최선을 다한 결과입니다만, 돌이켜보니 좀 더 잘 할 수 있지 않았을까 하는 부분이 꽤 있습니다.

하지만 러브코미디로 8권까지 이어올 수 있었던 건 요즘 꽤 드문 경우 아닌가? 그렇게 성과로서는 충분하다고 여기고 있습니다. 계속해도 된다면 더 쓰고 싶었지만 말이죠.

라이트노벨 8권은 코믹스로 따지면 20권 정도에 해당됩니다.

만화 러브코미디 작품도 그렇게까지 오래 하긴 힘듭니다. 뭐, 인기가 있는 작품은 그렇게까지 오래 할 필요가 없어서 딱 좋은 타이밍에 깔끔하게 완결을 내는 경우가 많습니다만, 그건 제쳐두고 여기까지 써오면서 많은 분들께서 S급 소꿉친구와 켄노지를 알아주시게 되어 정말 기쁩니다.

이 작품은 '소설가가 되자'에서 2019년에 연재하기 시작했던 작품입니다. 아마 3월 무렵이었던 것으로 기억하고 있습니다. 빠른 시리즈는 1년도 지나지 않아 쓸 필요가 없어지기 때문에 약 4년 동안 썼다는 건 매우 운이 좋았던 경우였고, 독자 여러분과 일러

스트를 담당해주신 플라이 선생님, 그 밖에도 많은 분들 덕분인 것 같습니다.

이 작품에 힘써주신 여러분, 독자 여러분, 정말 감사합니다.

코미컬라이즈는 앞으로도 계속 이어지니 그쪽도 잘 부탁드립니다.

켄노지는 이 작품 말고도 애니화가 된 '치트 약사의 슬로우 라이프'와 전격문고에서 얼마 전에 나온 '마도인형에게 두 번째 잠을'이라는 소설도 쓰고 있습니다. 이 작품과는 계통이 전혀 다릅니다만, 신경 쓰이신다면 꼭 읽어봐 주세요.

또 어디선가 소설이나 만화를 통해 만나뵐 수 있다면 좋겠습니다. 감사합니다.

켄노지

역자 후기

안녕하세요, 천선필입니다.

『성추행당할 뻔한 S급 미소녀를 구해주고 보니 옆자리 소꿉친구였다』 8권, 재미있게 읽으셨는지 모르겠습니다.

이렇게 번역을 맡고 있던 시리즈가 또 하나 끝을 맞이했네요. 번역을 마치고 나서 1권을 번역한 시기를 확인해 보았는데, 2021년 2월이군요. 역자 후기를 작성하고 있는 지금은 2023년 10월이니 2년 반이 조금 넘게 걸린 셈입니다. 빠르다고 하면 빠르다고 할 수 있고, 느리다고 하면 또 느리다고 할 수 있는 기간에 마무리가 된 것 같네요.

작가분께서 하신 말씀처럼, 저 같은 경우에도 번역을 마치고 나서 책이 나왔을 때, 그리고 이렇게 시리즈를 마무리하게 되었을 때 돌아보면 조금 더 잘할 수 있지 않았을까 하는 생각을 항상 하게 되는 것 같습니다. 특히 번역을 시작한 지 얼마 지나지 않았을 때 맡았던 작품들을 떠올릴 때 그런 생각이 더욱 강해지고요. 출판 번역을 시작한 게 2010년쯤이었으니 약 13~4년이 지났고, 그동안 번역을 해오면서 쌓인 노하우나 표현 방식 등을 초창기 작품에도 도입할 수 있다면 얼마나 좋을까 하는 생각도 듭니다.

물론 저 또한 그때그때 최선을 다했다고 생각하긴 합니다만, 아쉬운 마음은 지워버릴 수가 없네요.

작품 이야기를 좀 하자면, 7권 마무리 부분에서 료와 히나가 커플이 되면서 시리즈가 마무리된 것이 아니라 이번 8권에서는 후일담 느낌이 약간 들기도 하는 자잘한 이야기와 주인공 커플이 맞이한 마지막 고비, 그리고 해결하는 모습을 다루었습니다. 어떻게 보면 7권에서 '그리고 오래오래 행복하게 살았답니다'라는 식으로 왕도 같은 대단원을 맞이했어도 무방했을 것 같다는 생각도 드는데, 아무래도 주인공 커플의 선배격이라 할 수 있는 료의 아버지와 히나의 어머니 커플과는 다른 길에 접어들어서 해피 엔딩을 맞이하는 것이 더 깔끔하기 때문이 아닐까 합니다. 아무래도 '애네도 그렇게 되는 거 아니야?'라는 불안함을 제거할 수 있을 테니까요.

앞서 말씀드렸다시피 후일담 같은 느낌이 드는 자잘한 이야기를 통해 아직도 미련을 완전히 버리지 못한 토리고에와 히메지의 모습을 볼 수 있었던 것도 개인적으로는 마음에 들었습니다. 독자 여러분께서는 이 시리즈 전체, 그리고 시리즈의 마무리를 어떻게 받아들이셨고 어떤 생각을 하고 계실지 궁금하네요.

이런 생각을 하면서 이번 『성추행당할 뻔한 S급 미소녀를 구해주고 보니 옆자리 소꿉친구였다』 8권을 번역하였습니다. 매번 그랬듯이 감사의 말씀 드리고 후기를 마치려 합니다.

항상 신경을 많이 써주시는 담당 편집자분, 그리고 책을 내는데 도움을 많이 주신 소미미디어 관계자 여러분, 그리고 가족 여러분. 감사합니다.

그 누구보다 감사드리고 싶은 분은 독자 여러분입니다. 제가 이렇게 무사히 번역을 마치고 후기를 쓸 수 있는 것도 독자 여러분 덕분이라 생각합니다. 진심으로 감사드립니다.

다시 찾아뵙게 될 때까지 행복한 하루 보내시길 바랍니다.

감사합니다.

CHIKAN SARESO NI NATTEIRU S-KYU BISHOJO WO TASUKETARA TONARI NO SEKI NO
OSANANAJIMI DATTA 8
Copyright © 2023 Kennoji
Illustrations copyright © 2023 Fly
Original Japanese edition published in 2023 by SB Creative Corp.
Korean translation rights arranged with SB Creative Corp., Tokyo
through Japan UNI Agency, Inc., Tokyo

성추행당할 뻔한 S급 미소녀를 구해주고 보니 옆자리 소꿉친구였다 8

2024년 5월 15일 1판 1쇄 발행

저　　　　자 켄노지
일 러 스 트 플라이
옮 긴 이 천선필
발 행 인 유재옥
담 당 편 집 박치우
이　　　　사 조병권
출판본부장 박광운
편 집 1 팀 최서영
편 집 2 팀 정영길 조찬희 박치우 정지원
편 집 3 팀 오준영 이해빈 이소의
디자인랩팀 김보라 박민솔
디지털사업팀 박상섭 김지연 윤희진
라이츠사업팀 김정미 맹미영 이윤서
영업마케팅팀 최원석 박수진 박소연
물 류 팀 허석용 백철기
경영지원팀 최정연
인쇄제작처 ㈜코리아피엔피
발 행 처 ㈜소미미디어
등　　　　록 제2015-000008호
주　　　　소 서울시 마포구 토정로222, 403호 (신수동, 한국출판콘텐츠센터)
판매 및 마케팅 (070) 8822-2301

ISBN 979-11-384-8294-3
ISBN 979-11-384-0195-1 (세트)